光文社文庫

文庫書下ろし／傑作時代小説

優しい嘘
くらがり同心裁許帳

井川香四郎

JN031417

光　文　社

目次

優しい嘘

くらがり同心裁許帳

第一話　裏木戸

一

淡水と海水が交わる江戸湾の浅瀬は、〝海のゆりかご〟と呼ばれている。産卵場には海藻《かいそう》がふんだんにあり、栄養が豊富な上に、稚魚を外敵から守ってもくれる。徳川家康《とくがわいえやす》が好物だった白魚をはじめ、鰯《いわし》、鯵《あじ》、鱸《すずき》や海老《えび》、烏賊《いか》、蛤《はまぐり》や浅蜊《あさり》、そして海苔《のり》などで溢れていた。芝《しば》、大森《おおもり》、品川《しながわ》、深川《ふかがわ》の漁師たちは、天然の恵みである江戸前の海産物を獲ったり、養殖を手がけたりして暮らしている。それらのほとんどは、日本橋《にほんばし》の〝朝千両〟と呼ばれる魚河岸《うおがし》に集められた。

そのおこぼれを得るために、角野忠兵衛《すみのちゅうべえ》は今日も八丁堀《はっちょうぼり》外れの海辺で、竿を投げていた。

夏には、鰈《かれい》やイサキ、マゴチ、穴子《あなご》、太刀魚《たちうお》なども狙えたが、秋風が吹く当節は、陸釣《おかづ》りでも船釣りでも、やはり鯊《はぜ》である。沖には、〝鯊船〟が何艘も出ており、優雅に釣りと食を楽しんでいる。

釣るというより、面白いように引っかかる。釣ったそばから刺身にしたり、〝デキハゼ〟という小振りなものは天麩羅《てんぷら》にして食べたい。すぐに馴染みの料理屋まで持っていって、料理して貰うつもりだ。

くせがなくて、あっさりした白身魚だが、今から冬にかけて大きく育って旨味が増す。小さい鯊は佃煮にしても美味《うま》いが、〝落ちハゼ〟の卵巣の塩漬けも酒にぴったりでたまらない。もちろん、焼き鯊にしてそのまま食べても、出汁《だし》にしておすましにしても美味い。

次々と釣り上げる鯊の大群を眺めながら、忠兵衛は涎《よだれ》をずずっと啜《すす》っていた。酒は嗜《たしな》む程度だが、非番の楽しみといえば、釣りと酒くらいしかない。明け方からやっているが、陽射しが強過ぎたせいか、喉がカラカラになってきた。

そこに、ぶらりと見習同心《どうしん》を終えたばかりの北内勝馬《きたうちしょうま》が近づいてきた。手には釣り竿を持っている。だが、それは鱸や鯔《ぼら》を釣るやつで、鯊釣りの竿とはまったく違うものだ。

「忠兵衛さん。大漁ですねえ」

「まずまずだ」

忠兵衛はチラリと勝馬を振り向いただけで、ずっと海の方を見ていた。

くたびれた中年同心の忠兵衛に比べて、勝馬は肌も艶々している若者である。だが、遠慮することもなく勝馬は隣に座り、

「私もお相伴に与《あずか》ろうと思いましてね」

「お相伴て……言葉の使い方が違うと思うがな。おまえさんは算術は得意のようだが、その釣り竿じゃ釣れぬぞ」

「釣りに来たんじゃありません。これは、まあ謂《い》わば、かっこつけてるだけです。文字通り、角野さんが釣り上げた鯊の天麩羅の、お相伴に与ろうとね」

「まったく抜け目がないな」

「はい。子供の頃から」

「そんなことより、おまえ、非番じゃないよな。何をしてるんだ」

「元々、〝くらがり〟なんて閑職ですから。もうほとんどの裁許帳《さいきょちょう》は読んでますし、穿《ほじく》り返したくなる事件も、あまりありません」

「――だよな……」

例繰方差配《れいくりかた》の永尋書留役《ながたずねかきとめやく》は、『日限尋《ひぎりたずね》』という概ね一月《ひとつき》程の探索をしても未解決の事件を引き続き担当する部署である。それで、『永尋』となるのだが、当時は時効がないので、いつまでも探索を続けることとなる。

とはいえ、同心の数は南北合わせて二百五十人程しかおらず、殺しや押し込みなどの凶悪事件を取り締まり、探索する三廻《まわ》りは二十八人しかいない。もっとも岡っ引や下っ引などは数百人いたと言われるが、町方の探索に専従する者は限られている。おのずと、〝くらがり〟に落ちた迷宮入り事件は、年々、忘れられていくのである。

「勝馬……おまえ、悔やんでいるのではないのか、〝くらがり〟に来たことを。出世には縁がない所だしな」

忠兵衛が釣り竿に顔を向けたまま訊くと、

「初めはそう思いましたがね、『永尋』になっていた事件を解決できたときの、なんというんですかね、爽快感はたまりません」

と屈託なく答えた。

「自分がスッキリするために、御用をしてるのか」

「あれ？　忠兵衛さん、まさか被害者の積年の恨みを晴らしてやるためだ……なんて言い出すんじゃないですよね」

「それしかないだろう」

「へえ。それにしちゃ、いつも飄々《ひょうひょう》としてて、釣りをしている方が長い気がしますが」

「そりゃそうだろう。今、この時に起きてる事件じゃないんだから」

「……ふうん、達観しているんだか、無責任なんだか分かりませんね」

「昔の事件だから解決するには、縁《えにし》ってのがないと何も始まらないんだよ」

「でも、たしかに、下手人《げしゅにん》がこの世の何処《どこ》かで、のうのうと暮らしているのには、腹が立ちますね。絶対に許せない」

勝馬が言うのを聞いているのかいないのか、忠兵衛は「ほら、また釣れたぞ。そこにあるタモを取れ、タモを」などとはしゃぐように命じた。だが、勝馬はぞんざいに放り投げただけで、沖合の釣り船の群れを眺めていた。

「――その何処かにいるはずなんだ」

ぽつりと呟く勝馬を、忠兵衛はチラリと振り向いた。

「誰がだい……」

「数日前、品川宿の油問屋『相模屋《さがみや》』の主人とその妻、番頭や手代《てだい》ら六人が、無惨にも皆殺しにされた事件がありましたでしょ」

「え、そうだったっけ」

「まさか。あの大事件を知らないのですか。江戸でも読売で大騒ぎだったじゃないですか。本当に知らないので？」

勝馬は信じられないという目を向けたが、忠兵衛は飄然と釣り続けている。

品川宿は江戸府外ではあるが、町奉行所からも調べに行くことになっており、特に下手人が江戸市中に逃げた疑いがあれば、定町《じょうまち》廻りや臨時廻りの同心が駆り出されて、懸命に探索に当たるのだ。

「永尋にならないうちは関わりないから、それまでは英気を養っておくのだな」

忠兵衛はあっさり言ったが、勝馬は構わずに続けて、

「定町廻り筆頭同心の篠原恵之介《しのはらけいのすけ》様の話では、実は皆殺しではなくて……娘がひとりだけ助かったのだそうです」

「へえ、良かったな」

「感想はそれだけですか。忠兵衛さんはもっと人情味のある人だと思ってましたが、釣りをしている時は別人なんですね」

勝馬は皮肉を言ってから、事件のあらましを話した。

油問屋『相模屋』は品川宿の問屋場《といやば》近くの繁華な所にあるから、盗賊一味などが狙いにくいはずだった。だが、真夜中に押し入ったのか、店の中と蔵から金目のものはほとんど盗まれていたという。

朝になっても店が開かないので、不審に思った問屋場の役人が調べたところ、家人たちが皆殺しに遭っていたのが判明したのだ。近隣の者たちは、物音ひとつ聞いていないというから、余程の〝玄人《くろうと》〟の手筋なのだろうと、篠原は見ているという。

「でも、賊が入ったときに、娘のおりんは……十五ですが、たまたま厠《かわや》に行ってたらしく、騒ぎが聞こえたので、怖くてその場にずっと隠れていたのだとか」

そう説明してから、勝馬は情け深い顔になって、

「しばらくして、寝間に戻ると、二親《ふたおや》や店の者の斬殺死体を目の当たりにして、あまりの衝撃で失神したとか」

「だろうな……」

「だから、翌朝、問屋場の者が見つけたときには、おりんも死んでいると勘違いしたほどだったんです。でも、おりんには、さらに酷《ひど》い仕打ちが待ち受けていました」

そこまで話しても、忠兵衛はまだせっせと釣りに勤しんでいる。

「聞いてますか、忠兵衛さん」

「ああ。おまえの目論見《もくろみ》は分かったよ」

「目論見……？」

「どうせ、この事件は〝くらがり〟に落ちる。だから、今のうちに探索して、下手人に目星をつけておいて、後で挙げて手柄にしちまおうってな。違うか」

「ま、そんなところです」

勝馬はあっさりと認めて、満杯になっている魚籠《びく》を見ながら、

「でもね、その前に……おりんて娘を助けてやりたいんですよ。この魚のように、食べられてしまう運命《さだめ》から」

と切なげに言った。

その勝馬の言葉に、ようやく忠兵衛は手を止めて、改めて振り向いた。

「どういうことだい」

「沖合の釣り船に交じって、たぶん女郎船が出ていると思うんです」

「女郎船……まさか、こんな明るいうちから……」

「そうじゃなくて、若い娘をさらって、女郎にするために乗せていく船のことですよ。品川宿辺りから、深川まで江戸湾を渡って、売り飛ばす輩《やから》がいるんです」

「……」

「そいつらを、ふん縛ろうと思いましてね」

「いい心がけだが、世の中、なんでもかんでも綺麗事だけじゃないんだぜ」

「分かってますよ。でもね、その女郎船には、おりんが乗っているんです。連れて行かれる先も分かってます」

「――何か曰《いわ》くがありそうだな」

忠兵衛が竿を畳んで魚籠の蓋を閉じると、勝馬は深い溜息をついて、

「大ありですよ。皆殺し同然にされた直後なのに、借金の取り立て屋が来て、金がないなら、生き残った娘を貰っていくと……めちゃくちゃな話でしょ」

「誰も止めなかったのか」

「それが、『相模屋』には三百両近い借金があって……借金といっても、これは商売上の売り掛けですからね、自分の店もまだ支払って貰っていないから、払えてないだけで……しかも盗っ人に蔵まで荒らされたってのに、あまりにも酷すぎる」

「取り立てた奴は誰だい」

「品川宿で金貸しをしている岩松《いわまつ》という者ですが、こいつは金貸しっていっても、きちんと両替商の鑑札を貰ってる訳じゃなく、借金で首が廻らない奴らを狙って貸

し付けてる高利貸しですよ」

「そんな奴が、な……」

「江戸では町奉行所の目が厳しいから、御府外でやってるんでしょうが、やくざ者同然ですから、誰も関わりたがらないんだ」

「──ふうん……」

忠兵衛はやはり他人事《ひとごと》とばかりに気のない返事をして、竿と魚籠を抱えて八丁堀の方へ帰り始めた。

「なんとも思わないですか、忠兵衛さん」

曖昧な返事をして、掘割沿いの道を歩いていく忠兵衛を、勝馬は追いかけながら、

「助けてやりたいとは思わないんですか。だって、あんまりじゃないですか。二親は殺され、店の者もみんな……幸い生き残ったのに、親の借金の形《かた》に女郎だなんて。こんなこと許されていいんですか」

「だから、どうしようもないこともあるだろうよ」

「こんなことなら、そのおりんて娘は、親と一緒に死んだ方がマシだったかもしれないじゃないですか」

急に足を止めた忠兵衛の背中に、勝馬はぶつかりそうになった。

「そんなふうに言うなよ、勝馬」

「えっ……」

「死んだ方がマシだなんてことは、絶対にないんだよ」

「だ、だったら……！」

興奮気味に訴えようとする勝馬に、忠兵衛は微笑《ほほえ》みかけて、

「今日は大漁だ。まずは天麩羅にでもして、腹ごなしをしないか。腹が減ってはなんとやらってな。頭に血が上るのも、空《す》きっ腹のせいかもしれないぞ」

と魚籠を掲げた。

「――もういいです。行き先は分かってます。私がなんとかします。忠兵衛さんは、自分が釣った鯊に舌鼓を打って下さい」

勝馬は捨て台詞のように言って、持ってきた釣り竿を地面に叩きつけ、何か奇声を発しながら駆け去るのだった。

「なんだ……せっかく、美味い天麩羅を食わせてやろうと思ったのに……」

忠兵衛はひとりごちて見送りながら、溜息をついて、何処にあるのか知らないが、女郎船とやらがある海を振り返った。

二

深川七場所とは、岡場所の中でも辰巳《たつみ》と呼ばれる遊里のことを指す。仲町《なかちょう》、土橋《どばし》、櫓下《やぐらした》、裾継《すそつぎ》などがあるが、大新地《おおしんち》という所に、勝馬が目指す『花乃里《はなのさと》』という遊女屋はあった。

吉原《よしわら》とは違って、深川の羽織芸者は粋で気っ風がよいのと同様に、女郎たちも衣装は地味で、薄化粧を好んでいた。女郎といいながらも、芸事に通じている者も多かった。

もっとも、吉原や江戸四宿の遊郭と違って、深川は幕府から公許を得てはいない私娼窟扱いの岡場所である。

ゆえに、どの町も〝怪動《けいどう》〟と呼ばれる奉行所の手入れを恐れていた。もし奉行所に捕らえられれば、芸者も女郎も吉原送りとなって、妓楼の入札によって預けられ、三年の女郎勤めをしなければならない。いわば、お上によって、人身売買されるも同然である。

このような場所柄、同心姿が現れれば、〝袖の下〟を渡す妓楼主や遣り手婆《ばば》もいた。

本所方の中にはそれを目当てに、わざわざぶらつく者もいた。が、勝馬はまっすぐ『花乃里』に向かった。

この界隈では一際、大きな遊女屋であった。

すでに日が暮れており、遊興客もひやかしだけの客も、あちこちの遊女屋を誰憚《はばか》ることなく楽しむように歩いていた。意外な程、紅灯《こうとう》が艶《あで》やかで繁華な賑わいに、勝馬は戸惑ったくらいだ。

「――おりんは、おるか」

勝馬は見世《みせ》に入るなり、入口の所に座っていた遣り手婆に尋ねた。

「ご指名でございますか、八丁堀の旦那」

「昼間、品川宿から連れて来られた女がおるはずだ。油問屋『相模屋』の娘だ。こう言えば、分かるであろう」

「さあ……源氏名は何でしょうか」

「知らぬ。とにかく、おまえじゃ話にならぬ。主人を出せ」

苛ついた声で勝馬が言うと、奥の部屋から恰幅の良い、五十絡みの主人が出てきた。話し声は聞こえていたようで、

「見世先ではなんですから、どうぞ奥へ」

と誘った。

「ここだと差し障りがあるというのか。こっちは御用の筋で来ている。案ずるな。〝怪動〟ではない。今日、連れて来られたばかりのおりんについて訊きたいのだ」

「承知しております。それでも見世では他の客にも迷惑ですので、どうか……」

「客のことなど知ったことではない。さあ、おりんを出せ。俺が連れて帰る。四の五の言うと、こっちも手段は選ばぬぞ」

「――どうも、融通の利かないお堅い御方ですな。でも、若いのに立派なものです」

「おまえら如きに誉《ほ》められても嬉しくはない。さあ、おりんを出せ。それとも、出せぬ理由があるのか。親や店の者を皆殺しにされて、悲嘆に暮れてる娘を、おまえは苦界《くがい》に沈めようというのかッ」

ズイと踏み出た勝馬は、返答次第では斬るとでもいうような構えで迫った。

「分かりました……では、ご説明を致します」

主人は、奥ではなく、女郎たちが並んでいる格子窓のすぐ隣の控え室に、勝馬を招いてから、『花乃里』の主人・斉兵衛《さいべえ》だと名乗った。

「実は、おりんというのは、岩松という金貸しが……」

「分かっておる。借金の形に連れてきたのであろう。立派な人身売買だ。おまえはそれで幾ら払った。おまえも同罪だぞ」

「まあ、落ち着いて下さいまし……」

斉兵衛は逃げも隠れもしないというふうな態度で、勝馬に奉行所名と名を訊いた。

勝馬がすぐに答えると、

「南町なら大岡《おおおか》様の……永尋書留役とおっしゃいますと、角野忠兵衛様でしたよね」

「知っておるのか」

「ええ、以前から色々とお世話になっております」

「世話にな……」

訝《いぶか》しそうに斉兵衛を睨みながら、勝馬は話の続きを聞いた。

「たしかに、おりんはうちで預かっております。ですが、女郎として見世に出すためではありません」

「では、何のためだ」

「養子縁組などの世話をするためです」

「なに。どういうことだ」

「はい。ですから、順繰りにお話し致します……たしかに北内の旦那が心配しているように、親の借金の形に吉原や岡場所に売られる女は少なくありません。しかし、みんながみんな、遊女になるわけではないのです」

斉兵衛は真剣な眼差しで、勝馬を見つめ、

「女によって事情は様々です。下手に奉公に出されたら、牛馬のように扱《こ》き使われた上に、病気になってもろくに面倒も見てもらえないこともあります。只働《ただばたら》き同然の上に、殺されるも同然の扱いをされます……ですから、私たちは可哀想な女、なかんずく若い娘については、養子縁組などをしてやるのです」

「養子縁組……？」

「一概に養子になるわけではありません。もちろん中には、妾《めかけ》にしたりとか、きちんとした奉公人にする人もおります」

「もしかして、その仲介をしているというのか、おまえは……」

「まあ、そういうことです。婚姻をするのにも仲人がおりますでしょ。良縁を結ぶ手助けをしていると、お考え下さいまし」

「その仲介料を取ってるのだな」

「ええ。そういうこともあります……」

「だったら人身売買と同じではないか。立場の弱い娘を金で買って、欲しい者に売り、その利鞘《りざや》を稼ぐ。立派な罪だ」

勝馬は鬼の首を取ったように声を荒らげ、今にも奥に乗り込んで、おりんを連れて帰ろうという勢いで立ち上がった。斉兵衛はそれを懸命に引き止めて、

「これも、角野忠兵衛様のお考えなんですよ」

と言った。

「──な、なんだと……あの人は、人身売買に加担していたのか」

「そうではありません。可哀想な娘を助けるためには、こうでもするしかないのです。おりんについては……これは角野様に直《じか》に頼まれたわけではありませんが……品川宿で、一家惨殺のような話があったと知った、ある大店《おおだな》のご主人が、『生き残った娘は、うちで引き取りたい』とすぐに申し出てくれたのです」

「誰だ、その奇特な奴は……」

「事はあまり表沙汰にしたくないので、誰が誰の所に行ったなんてことは話さないことにしているのですが、八丁堀の旦那ならよろしいでしょう……蔵前《くらまえ》の札差《ふださし》『出羽屋《でわや》』さんです。主人の甲右衛門《こうえもん》さんは、これまでも、何人か奉公人にしたり、一旦娘として養子縁組をしてから、他家に嫁に出したりしておりました」

「………」

「たしかに奇特な御方だと思います。でもね、人身売買とは違いますよ。借金があるとすれば、それを払ってやった上で、その身を引き取るだけですからね」

斉兵衛は自分はほんの少ししか手伝いをしていないが、甲右衛門は男や女に限らず、孤児《みなしご》同然の子を救いたい一心で、いわば慈善行為をしているのだという。

「事情はよく分かった。だが、おまえの話を聞いただけでは、すべてを信じることはできぬ。なんといっても、岡場所の女郎屋の主人だ。今の話が本当かどうかは、こっちで調べる。でもって、御定法《ごじょうほう》に触れることがあれば、改めて調べに来るから、そう心得よ」

「ご随意《ずいい》に……」

「今から、『出羽屋』を訪ねてみるが、その前に、おりんに会わせろ」

勝馬は顔を見るまで動かぬとばかりに迫ると、斉兵衛は承知して、遣り手婆に奥からおりんを連れて来させた。

振袖ではないが、娘らしい花柄の着物姿で、まだあどけない顔だちだった。芸者や遊女にすればそれこそ人気になるような美形ではあるが、悲惨な事件の後だし、不安げな曇った表情であった。

「大丈夫だ。俺がきちんと始末をつけてやるからな」

勝馬は優しく声をかけて、斉兵衛に向かって言った。

「今すぐ、この娘を『出羽屋』に連れていく。養子縁組なのか奉公なのか知らぬが、どうせ送り届けるなら、俺が……」

「いえ、それは……」

「金を受け取ってからと言いたいのか」

「あ、いいえ。仲介料なら、すでに頂戴しております。ですが、こちらからも、しかるべき人を立てて挨拶にいくのが慣例でして」

「俺がそのしかるべき人の代わりをやる。それでよいな」

強引に勝馬は言うと、今自分がおりんを『出羽屋』まで連れていくと主張した。

斉兵衛はすっかり呆れ果てていたが、

「角野様の配下の方ですので、信用致します」

と渋々、従うしかなかった。


その足で、蔵前の『出羽屋』まで、おりんを連れて来た勝馬は、ほんの一瞬、

――このまま、おりんを好きな所に逃がしてもいいし、生まれ育った品川宿に帰

してやってもいいのではないか。

との考えが脳裏を掠《かす》めた。

だが、肝心のおりんが、もう誰かに〝身請《みう》け〟されることを望んでいるようだった。亡き二親に繋がる親戚もおらず、頼りになる番頭や手代たちもいない。まさに天涯孤独になった身を、己で癒やすことはできなかった。

蔵前には、ずらりと札差が並んでおり、色々な業種が並ぶ日本橋や神田《かんだ》の繁華さとは違う雰囲気が漂っていた。

旗本や御家人の蔵米を扱っているため、〝不正は許さぬ〟というような空気が染み込んでいた。今や札差も両替商同様、金貸しもしているが、多くは武家相手だから、手代たちも真面目そうで凛としていた。

件《くだん》の札差『出羽屋』の前に来たとき、店は何やら騒々しい空気に包まれていた。

――何事か……。

勝馬が覗き込むと、いきなり店の中から、

「〝くらがり〟に応援を頼んだ覚えはないぞ。邪魔だ。余計なことをするなよ」

と怒鳴るような声が飛んできた。

そこには、定町廻り筆頭同心の篠原恵之介がいて、番頭や手代らを集めて何やら深刻な話をしている。岡っ引の銀蔵《ぎんぞう》や下っ引たちも周辺に聞き込みをしている姿がある。

「何があったのです、篠原様」

「関わりねえって言っただろうが。何でも首を突っ込んでくるんじゃねえ。俺はおまえを買ってて、定町廻りに推挙してやってたのに、〝くらがり〟の方がいいだなんて言いやがった。もう知るか」

まるで悪ガキが拗ねているように見える。そんな篠原に慣れっこになった勝馬は、ズケズケと近づいて、

「こっちも用があって来たのです。あの娘……」

と表にいるおりんを指した。

「品川宿の例の斬殺があった油問屋『相模屋』の娘です」

「なに……」

「ちょっと訳があって、この札差『出羽屋』の主人に引き渡すために連れてきました。会わせてくれませんかね」

「――主人の甲右衛門なら死んだよ」

「えっ!?……本当ですか」

「嘘をついてどうするんだよ。亡骸は番屋で、番所医《ばんしょい》の八田《はった》錦《にしき》先生が調べてるよ」

「そ、そんな……」

勝馬は動揺を隠しきれなかった。おりんには聞こえていなかったようだが、実の親が死んで、養父になるかもしれない者が殺されたと知ったら、正気ではいられないかもしれない。

そう察した勝馬は思わず、篠原を店の奥まで押しやりながら、詰め寄って訊いた。

「どういうことですか。なぜ、誰に殺されたんですか」

「分かりゃ苦労せんよ。殺されたのは、つい先程のことだ。店の裏手にある掘割の船着場で、刺し殺された。胸を一突きだ」

「……」

「通りがかりの川船の船頭や物売りなどが、甲右衛門が誰かと言い争っていたのは見ている。相手は、ちょいと小柄な職人風で、細面《ほそおもて》で神経質そうだったとか……だが、この辺りじゃ見かけない顔らしい。おっと、余計なことを喋っちまった」

篠原はそう言いながらも、聖堂一番の秀才だった勝馬に期待している面もある。

「それより、おまえ……あの娘を届けに来たってどういうことだ」

店の表に立って周辺を見廻しているおりんを、篠原はチラリと見て訊いた。勝馬は手短に深川の岡場所でのことを伝えてから、甲右衛門に話を確かめようとした矢先だったと答えた。

「――もしかして……此度《こたび》の人身売買紛いのことに関わりがあるのかな……」

勝馬は俄《にわか》に不安が込み上がってきたが、篠原は熟練の同心らしく、その強面《こわもて》を突きつけて、じっくりと〝人身売買〟について話してみなと迫るのであった。

三

翌朝、忠兵衛はいつものように、南町奉行所内は詮議所の裏手にある、永尋書留役の詰め部屋にいた。

八畳ばかりの手狭な所に、これまでの未解決の書類が積まれている棚に囲まれて、忠兵衛は書見をしていた。『永尋』になったものをただ放置しているだけではなく、小さな手掛かりをもとに、かつての事件と照らし合わせたりしていた。

例えば同じ手口とか、似たような場所とか、人間関係や不思議な縁など、ひょんなことから、昔の事件と繋がり、解決の糸口が見えることもよくあることだ。だから、此度の品川宿での惨殺事件の手掛かりを、昔の資料から探していたのである。

「おはようございます」

いつになく素直な態度と口調で、勝馬が入ってきた。出仕の刻限には間に合ったようだが、日頃は意外に真面目に、忠兵衛より先に来ているから、何かあったのかと気になっていた。

「珍しいこともあるものだな。昨夜のことで、駆けずり廻って疲れたか」

机に向かいながら忠兵衛が訊くと、勝馬は察したらしく、

「篠原様が話しましたか」

「朝早くから、もう奉行所中で噂になってるぞ。品川宿の娘を助けて、自分の拝領屋敷に囲っているとな」

「囲っているって、そんな……」

と言いながら、何やらモジモジしている勝馬を振り返って、忠兵衛はすべてを承知していると伝えた。

「なんだ。そんな所に突っ立ってないで、一緒に小さなことでもいいから探せ。札差の『出羽屋』の方はすぐに下手人が見つかるだろうが、品川宿の『相模屋』の方はどうせ永尋に入るだろうからな」

「あ、いえ、それで……」

いつも歯切れがよい勝馬が、人目を忍ぶような態度で、

「すみません、角野さん……いいですか」

「何がだよ」

「この娘……いいですか」

忠兵衛が振り返ると、勝馬が手を引いて部屋に招き入れたのは、おりんだった。

一瞬、目を疑った忠兵衛だが、言葉を失った。

「おりんです。『相模屋』の……悲惨なことばかりがあって怖がってるし、万が一のことがあってもいけないし」

「万が一……」

「たとえば、『相模屋』に押し込んだ奴らが、生き残りがいると知って、狙ってくるかもしれないから、ひとりにしたくなくて」

「ま、それは分かるが、奉行所は……」

「分かってます。一応、女人禁制ですよね。でも、年番方与力《ねんばんかたよりき》にも、事件の取り調べということで、永尋書留役の部屋で話を聞くということで……」

「嘘をついたのか。おまえらしくない」

「いえ、決して嘘では……角野さんにも、『相模屋』での話を聞いて貰おうと……」

こじつけとしか思えなかったが、まだ十五歳の娘をひとりにしておくのも、たしかに危ない気がした。忠兵衛はニッコリ微笑んで、おりんを招き入れると、火鉢に沸かしてある湯で茶を淹《い》れてやった。

正座をしたおりんの顔は、まるで能面のようだった。やむを得ないことだ。二親らが殺され、引き取り手まで死んだのだから、己の不幸を呪っても仕方があるまい。傍らに積んであった酒饅頭も差し出して、意外と美味いから食べろと勧めた。おりんは小さく頷いたが、茶にも手をつけない。

「飯は食ったのか」

忠兵衛が訊くと、勝馬の方が答えた。

「朝炊きの飯と味噌汁だけですが、一応、食べました」

「おまえが……炊いてやったの？」

意外にマメなのだなと忠兵衛が言うと、そうではなくて、番所医でもある八田錦がおりんの様子を見に訪ねてきて、飯を炊いてくれたというのだ。

八田錦は長崎《ながさき》帰りの蘭学も学んだ医師で、日本橋茅場町《かやばちょう》で診療所を開業しながら、時折、奉行所に出入りしている。与力や同心の体の様子を診《み》たり、事件が起きれば死体などの検分に立ち会う。風貌は浮世絵から出てきたような凛とした女で、擦れ違う男たちが必ず振り返るほどだった。

「八田先生が……これはまた奇特な」

忠兵衛は羨ましそうに言ったが、勝馬はやはり恐縮したように、

「ありがたかったです。一応、おりんの様子を診てくれて……体のことより、心の方が疲弊していると思いますのでね」

「そうだな……」

おりんの顔を改めて見た忠兵衛は、このままでは自害しかねないくらい追い詰められていると感じた。まだ顔も合わせていない甲右衛門が亡くなったことにも、衝撃を受けている様子で、昨晩はろくに眠れなかったように見えた。

「こんなときになんだがな……何でもいいから思い出してくれないか」

いきなり忠兵衛は、おりんに押し込みに入られたときの様子を訊いた。それは、あまりにも残酷だと勝馬は止めようとしたが、話すことによって気持ちが少しでも癒えることもある。

「そうだ。俺たちは、おまえさんのお父《と》っつぁんとおっ母《か》さんの仇《かたき》を討ちたいんだ。とっ捕まえて獄門に晒《さら》さないと、店の者たちもみんな往生できないだろう」

忠兵衛が訊くと、やはり勝馬はやめて欲しいと気を遣ったが、なぜかおりんの方

が蚊の鳴くような声で話し始めた。

「――私が悪いんです……私が二親を殺したようなものなんです」

意外な言葉に、忠兵衛と勝馬は顔を見合わせたが、生き残った者が自責の念に駆られるのはよくあることだ。

「そんなことを思うことはない。悪いのは押し込みを働いた奴らだ。おまえさんが苦しむことはないよ」

優しく言う忠兵衛だが、おりんは首を横に振りながら、

「私のせいです……裏木戸の突《つっ》っ支《か》い棒をし忘れていたから、いけないんです」

と言った。さりげなく言った言葉だが、勝馬もエッと驚いた目になって、おりんの顔を覗き込んだ。そして、決して責め立てるのではなく、慎重に訊いた。

「どういうことだい。盗っ人が押し入ってきたのは、そのせいだと思ってるのかい」

おりんはコクリと頷いた。

「でも、盗っ人がそのことを知っていたわけじゃないだろ。裏木戸が開いてなくたって、悪い奴は塀を乗り越えてでも……」

「どうでもよかったんです」

事もなげに言うおりんを、忠兵衛も不思議そうに見やって、

「まさか、押し入ってきたところを見たわけじゃないよね」

と訊くと、「忠兵衛さんッ」と勝馬は払うような仕草で肩を叩いた。

「あ、すまぬ……でもな、きちんと訊いておいた方がよいぞ。後々のためにもな」

忠兵衛が勝馬を諭すように言うのを耳にして、おりんは自ら話した。

「その日も喧嘩したんです。お父っつぁんとおっ母さんが……私のせいなんです。ふたりが喧嘩をするのは、いつも私の……」

「差し障りがなかったら話してごらん」

人の好さそうな忠兵衛の雰囲気に安心したのか、おりんは素直に頷いて、

「私はひとり娘ですが、養女なんです……養女といっても、お父っつぁんと余所《よそ》の女との間に生まれた子で、その人とは別れたために、お父っつぁんが私を引き取ったんです。まだ生まれて半年にもならない時ですから、私は何も覚えてません」

と言った。

父親は、嘉兵衛《かへえ》、母親は、おすまという。が、産みの母親については名も知らないし、何処で何をしているかも分からないらしい。

「そうだったのか……おっ母さんとは、うまくいってなかったのかい」

「いいえ。とても優しかったです。ずっと本当のおっ母さんだと思ってたし……」

「ずっと思っていた……ということは、最近まで知らなかったということかい」

畳みかけるように忠兵衛が訊くと、おりんは少し言い淀んで、

「──噂《うわさ》に聞いたんです……それを、おっ母さんに問い詰めても、自分の娘《こ》だと言うだけでしたが……」

と唇を噛んだ。

「でも、私が大きくなると、自分には似ていないせいか、なんとなく辛く当たられるようになりました」

「辛く……」

「それも、お父っつぁんのせいなんです。近頃、他に女ができたとかで、出ずっぱりになって……そんなこんなで喧嘩が絶えず、そんな中で、私はおっ母さんが産んだ子ではないって、はっきりと分かったんです」

「……」

「それからは逆に……私の方が、おっ母さんを毛嫌いするようになりました。どうせ、私は不義密通の子なんだろうって、ひねくれるようになりました」

男には不義密通の罪はないが、不義をはたらいていたことに変わりはなく、おり

んの母親は責め立てたのであろう。ふたりの間には、他にも色々と揉め事があったから、関係が悪化したのかもしれない。

「その夜も……盗賊が押し入ってきた夜も、寝る前に口喧嘩をしてました。なので、私は居づらくなって、たまらず『私がいなきゃいいんでしょ』って、おっ母さんに逆らったんです」

店から飛び出していったが、番頭たちが追いかけてきて、すぐに連れ戻されたという。そんな騒ぎの中で、おりんは突っ支い棒をし忘れたという。戸締まりは自分の役目だったというのだ。まだ若い娘だから、それが押し込みの原因だと思い込んでいるのであろう。

「考え違いをしてはいけないぞ、おりん……おまえは何ひとつ悪くない。お父っつあんとおっ母さんの喧嘩も、おまえのせいではない。ましてや此度の押し込みはまったく関わりがない。いいね、そんなふうに思うのはやめなさい」

忠兵衛は懇々と言い聞かせたが、おりんは俯いたままだった。

「それよりも訊きたいことがある」

「はい……」

「おまえは、賊の顔を誰ひとり見ていないのだな。怖くて厠に隠れてたから」

「――そ、そうです……」

と、おりんは答えたものの、言い草が少し曖昧だと忠兵衛には感じられた。何か隠しているかもしれぬと思ったが、この場では追及することはやめて、忠兵衛は優しく言った。

「ということは、賊からも見られていないのだから、安心しなさい。他に何か気付いたことがあれば、この北内勝馬に話しなさい」

「はい。でも特にありません……ごめんなさい」

「謝ることはないよ……勝馬」

忠兵衛は勝馬に、探索はいいから、おりんを預かって、しばらく様子を見ていろと命じた。勝馬は少し不満そうな顔になったが、被害者に思いを寄せるのも、同心の立派な務めだと説得した。

同心に心を許すことで、加害者も被害者も精神の拘束から解き放たれ、思いがけぬ真相に突き当たることもあるからだ。おりんの表情や態度を見ながら、

――まだ人に言えぬ何かを隠していそうだな……。

と忠兵衛は肌で感じ取っていた。長年、事件の裏の裏を扱ってきた〝くらがり同心〟の勘としか言いようがなかった。

そして、脳裏を掠めたのは、十年前に起こった一家惨殺事件の光景だった。永尋になったままで、まだ町奉行がお白洲《しらす》で吟味も行えていないから、〃裁許帳〃に記されていない事件だった。先刻まで、その黄ばんだ書き留めたものを読んでいて、まざまざと蘇ったのである。

四

札差『出羽屋』の甲右衛門が刺し殺された事件では、案外と容易に下手人らしき男が見つかったが、事態は思いがけぬ方に動いた。

お縄になったのは、岳蔵《がくぞう》という五十絡みの無宿人だった。返り血で汚れた着物が目立ったため、あちこちから報《しら》せが自身番に届いており、浅草御蔵《あさくさおくら》近くの黒船町《くろふねちょう》にある小さな寺の境内《けいだい》で見つかった。

蛇のような目つきをした、いかにも悪そうな顔相で、日焼けした体からは、長年の悲惨な暮らしが滲み出ていた。だが、咎人《とがにん》が受ける入れ墨などはなく、何処でどう暮らしていたかはまだ明らかではなかった。

蔵前の自身番に捕らえられていた岳蔵を、岡っ引の銀蔵の報せで駆けつけてきた、篠原恵之介が尋問していた。同心らしい切れ者で、その顔つきはならず者でも逃げ出すほどの強面であった。銀蔵は腰が曲がりそうな老体と言ってもよい岡っ引だが、数多《あまた》の難事件を扱ってきたから、篠原の探索には欠かせなかった。

篠原が岳蔵の顎辺りに十手を突きつけ、

「何もかも正直に話せば、罪一等を減じられることもある。南町のお奉行の大岡様は人情裁きでも知られているからな」

と事件の顚末を引き出そうとした。

岳蔵の方もすっかり観念しているのか、素直に頷いて、

「もう逃げるのは嫌になっちまいましたよ」

と言った。

「逃げるのが嫌になった……どういう意味だ。何かやらかしていたのか」

「へえ……」

「何をやったのだ。詳細に話してみろ」

「本当に正直に話せば、罪一等を減じて下さるんですね」

「ああ。約束する」

相手を見据えて篠原が頷くと、岳蔵はその言葉を信頼したのか、それとも咄嗟《とっさ》に

計算が働いたのか、おもむろに話し始めた。

「驚かないで下せえ……札差『出羽屋』の主人・甲右衛門は、本当の名前は朝吉《あさきち》といって、上州《じょうしゅう》ではちょっと名の知れた極道者でした」

「なんだと……正直に話すどころか、のっけから嘘を言うつもりか」

「本当でございやす」

「甲右衛門は類《たぐ》い稀《まれ》な慈悲深い商人として知られており、近隣の者たちのことはもとより、貧しい者や病める者には私財を投げ出してでも救っているとの評判だ。特に、訳あって孤児になった者や不幸に陥った子供らを預かっては、奉公人にしたりして助けておる」

篠原は熱弁を振るうように言ったが、岳蔵は真顔で首を横に振り、

「ですから、それは世を欺く姿でございます。本当に阿漕《あこぎ》な奴なんです」

と訴えた。

「仮に昔はやくざ者同然だったとしても、人は変わるものだ。その昔を穿り返して、脅しをかます悪い奴もいる。もしかして、昔のことで、おまえは甲右衛門に金でもせびったか」

「じょ、冗談じゃございやせん。本当のことを話してます。聞いて下さい」

岳蔵は芝居がかった仕草で、土間に両手をついて、

「これを聞いたら、旦那方も驚くと思いやすよ……奴は十年前、日本橋の金座《きんざ》の近くにあった両替商『備後屋《びんごや》』に押し入り、一家を惨殺して、金を盗んで逃げた奴です」

「なんだと……」

俄には信じられぬと篠原は唸《うな》ったが、たしかにその事件は覚えていた。

両替商といっても、さほど大きな商いはしておらず、日銭稼ぎに金を貸す程度だった。日銭稼ぎとはたとえば、朝一両を借りて、魚や油、惣菜などを買って売り歩き、売り上げの中から利子を付けて一両を返す。その残りが一日の稼ぎとなる。

つまりは小規模な商人、ひとりでやっている者たちを相手にする金貸しだ。両替や為替《かわせ》で儲ける大商人とは違う。それでも堅実な仕事をしていれば、かなりの蓄財にはなっていたであろう。

『備後屋』は番頭もおらず、手代がひとりいただけだった。そこに真夜中、賊が押し入り、主人夫婦と子供ふたりと手代が殺されたのだ。

「その事件ならよく覚えている。俺が扱ったからな」

篠原が睨みつけると、岳蔵は目を逸らして、

「えっ、そうだったんですか……」

と首を竦《すく》めた。

「どうして、おまえがそんなことを知っているのだ、岳蔵」

「それは……正直に申します。俺も、その場にいたからです」

「なんだと！」

「お聞き下さい。俺はただの見張り役でした。見張り役でも、同罪だってことは分かってます。でも、まさか殺しまでするとは思ってもみませんでした」

岳蔵は懸命に救いを求めるような目で言った。

「すべて事が終わって、俺たちはさっさとトンズラしやした。皆殺しにしたってことは、後で知りました。その時は、朝吉も黙ってやした。万が一、捕まったら俺も同罪なので、逃げました」

「俺たちと言ったが、甲右衛門こと朝吉の他に誰かいたのか」

「へえ。文三《ぶんぞう》ってのがいやしたが、こいつは朝吉の子分みたいなものだから、その後は何処で何をしてたか知りやせん。風の噂では流行病《はやりやまい》で死んだとか……」

「おまえは何をしていたのだ」

「生まれ故郷の下野《しもつけ》の小さな村に帰って、百姓をしてやしたが、ちょいとした喧嘩に巻き込まれて……村八分にされて無宿者《むしゆくもの》扱いでさ……方々を転々としながら、普請場で働いたり、隠し賭場で手伝いをしたり……」

「ふん。ろくな暮らしをしてこなかったわけだな……そんな奴の戯《ざ》れ言《ごと》を信じろって方が無理があるな」

突き放すように篠原が言うと、岳蔵は縋《すが》るような目になり、

「旦那。それはねえよ……正直に話したんだから、勘弁して下せえよ」

「罪一等を減じたとしても、獄門《ごくもん》から打首《うちくび》に落とすくらいだな」

「そ、そんな……どっちにしろ、それじゃ死罪じゃねえですか。そんな殺生な……」

「殺生なことをしたのは、おまえだろう。昔のことはともかく、甲右衛門を殺したというのは事実だ。そうだな」

篠原が怖い顔つきで詰め寄ると、岳蔵は震え始めた。

「人ひとりを殺《あや》めておいて、生き長らえようなんて虫が良すぎないか」

「こっちが殺されそうになったからだよッ」

思わず岳蔵は腰を浮かしたが、その背後にいた銀蔵が強く肩を押さえた。

「甲右衛門殺しについても、じっくりと話して貰おうか、なあ」

十手でコツコツと頭を小突く篠原を、いきり立ったように岳蔵は睨み上げていた。

その日の夕暮れ――篠原が永尋書留役の詰め部屋に訪ねて来た。

すでに書見を終えて帰り支度をしていた忠兵衛が、

「おや。これは篠原様……ここに顔を出すとは、珍しいこともあるものですね」

と声をかけると、篠原はすぐに訊いてきた。

「北内勝馬はどうした」

「先に帰しました。ちょっと訳がありましてね」

「おりんのことか」

「奴に何か御用ですか」

「いや……いないならいい。品川宿の『相模屋』のことを調べて貰おうと思ってな」

「うちは永尋ですよ。臨時廻りとかにお願いできませんか」

「どうせ暇こいてるのだろう。奴の探索力はお奉行のお墨付きだ。出し惜しみするんじゃねえやな……それより、昔の事件で、調べて貰いたいことがある」

「はい。なんなりと」

「十年前の両替商『備後屋』の一家惨殺……」

言いかけた篠原に、しまったばかりの書棚から綴り冊子をひとつ出して、

「これですか」

と見せた。

その表書きには『日本橋両替商・備後屋皆殺し並びに盗みの一件』とある。

「——角野、どうしてこれを……」

「此度の『相模屋』の事件と似ているような気がして、詳しく比べていたんです。でも、まったく違うと分かりました」

忠兵衛が言うと、篠原は何処がどう違うか訊きたかったが、その前に、

「待て。実はな、『出羽屋』の主人・甲右衛門のことだが……」

と捕らえた岳蔵から聞いた、甲右衛門が『備後屋』に押し込んだ張本人だという話をした。

それを聞いた忠兵衛は、意外と驚きもせずに、

「——そうでしたか……」

とだけ、溜息混じりに答えた。

「おまえ。まさか、知ってたのではあるまいな……時々、〝くらがり〟に落とした

ままにするという噂も耳にしているからな」

「まさか。そんなことはしませんよ」

と言いながらも、実は幾度か未解決のまま放置したこともあった。いずれも何十年も前の事件で、その間、牢獄にいたも同然の人知れぬ苦労をした者とか、密かに被害者に対して謝罪の代わりに、金を渡したりしていた者もいる。

深く反省して、罪を償ったも同然の者を今更、捕縛して処刑したところで、誰のためになるであろうか。現代でいえば、〝時効〟に似た考えで、御赦免扱いとして永尋にしたままにしておくこともあった。もちろん、自分ひとりでは決められない。南町奉行・大岡越前《えちぜん》と相談してのことである。

「――十年前の『備後屋』の事件のときは、私も、その場を見に行きました。時の定町廻り筆頭同心の酒井《さかい》一楽《いちらく》様に命じられてのことでした。永尋になりそうだから、きちんと記録をしておけとな」

「……」

「初夏にしては暑い、三社祭りの日でした」

「ああ。俺もそこにいたよ」

「そうでしたな……十歳の女の子と七歳の男の子……子供ふたりが殺されていたこ

とに、大声で怒ってました」

「俺の子供と同じくらいの年頃だったからな。目も当てられなかった」

篠原は今も惨殺の場にいるかのように、眉間に皺を寄せ、

「絶対、捕まえてやると思ってたが……力及ばずだった……」

と無念そうに拳で自分の頭を叩いた。

「だからこそ、『備後屋』の一件はすべて解決しておきたい。そして、此度の品川の一件も是が非でも下手人を挙げて、三尺高い所に晒してやりたいのだ」

「はい。私も同じ気持ちですが……」

静かに忠兵衛は言ったが、篠原は肩透かしを食ったように、

「ですが、なんだ。永尋だから関わりないとでも言うのか」

「そうではありません。私も深く反省しているところです。自分の至らなさを、改めて不甲斐なく思っております」

「勿体《もったい》つけやがって……おまえはいつもそうだ。他人事なんだ。ま、日がな一日、こんな薄暗くて狭い所で、昔の事件のことばかりボサーッと考えてりゃ、世間のことには疎くなるわな」

「相済みません」

「ケッ。居直りやがって。そういうところも腹が立つんだよ」

篠原は頭に血が上っていたようだが、忠兵衛はいつものように冷静に、

「品川の『相模屋』の事件と、十年前の『備後屋』の事件は、まったく関わりないと思いますよ。手口も違うし、殺し方も……今回の品川の事件は、押し込んだけれど騒がれたので、発作的に殺した……十年前は、店の夫婦者を縛りつけて殺し、手代に金を運ぶのを手伝わせた上で、殺している」

「だからって、別人とは限るまい」

「岳蔵は認めたんですか、此度のこともやったと」

忠兵衛が訊くと、篠原は首を振って、

「いいや。石でも抱かして吐かせるつもりだ」

「では、どうして岳蔵は、甲右衛門を殺したんでしょうか。理由を訊きましたか」

「昔のことをバラされたくなかったら金を出せと言ったら、逆に切れられて殺されそうになったので、咄嗟に刺したと吐いたよ」

篠原がハッキリそう言うと、忠兵衛は短い溜息をついて、

「そうですか……でも、甲右衛門は上州で名の知れた渡世人だったことはないですよ。下総《しもうさ》の出身です。その岳蔵ならば、上州の山子田《やまこだ》という村で、人を殺めた咎で

一度は代官に捕まってますが、そこから逃げ出して、行方知れずだったはずです」

「えっ。じゃ、岳蔵は逆さまに言ったのか……てか、おまえ……なんで、そんなことを知ってるのだ」

疑念を抱いて首を捻《ひね》る篠原に、

「その探索帳の中に、この何年かにわたって調べて分かったことも、書き込んでますから、ご参考までにどうぞ」

と言ってから、忠兵衛は立ち上がった。

「おい、何処へ行く」

「厠です。どうも近頃は、小便が近くていけません」

苦笑いして立ち去ったが、忠兵衛はそのまま詰め部屋に帰ってくることはなかった。

五

品川宿は、北宿、南宿、歩行《かち》新宿に分かれており、『相模屋』は最も繁華で江戸に近い北宿にあった。近くには目黒川《めぐろがわ》が流れており、鮒《ふな》や鯉《こい》、穴子などもよく釣れるので、忠兵衛は足を延ばして来ることもあった。だが、今日は手に竿を持っていない。

　さすが、東海道《とうかいどう》の入口だけあって、軒を並べる旅籠《はたご》の数は多く、参勤交代で使われる立派な本陣《ほんじん》や脇本陣《わきほんじん》もあった。そんな中で、『相模屋』は油問屋だからか、店構えは小さいが、何処へ行くにも便利な所に位置していた。

　店の表戸は閉まっており、もう何事もなかったかのように人の往来が激しい。そんな中で、そこだけがポツンと取り残されているようだった。事実、跡取りもなく、いずれ店は他の誰かが買い取ることになるであろう。

　問屋場の宿役人《しゅくやくにん》を訪ねて、店の中を見せて貰えるように頼んだ。

　潜り戸を開けて入ると、薄暗い室内には血腥《ちなまぐさ》いにおいと凄惨な事件を物語る血痕が、床一面に広がっていた。

　雨戸を開けて風通しを良くしながら、忠兵衛は一部屋一部屋を見て廻った。事件のあった時のまま放置されている。室内は、乱闘したのであろう、襖が破れたり、衣桁などが倒れて着物が散らかっており、血塗《ちまみ》れの布団も敷かれたままだった。

　――こんな中で、おりんはじっとしていたのか。怖かっただろうな……。

と忠兵衛は思った。

所々に乾いた土が落ちているのは、押し入った者たちの足跡か、後で探索に来た町方のものかは判断できなかった。

襖を開けると、その裏にも飛び散った血が染み着いており、賊から逃げようとして殺された奉公人たちの姿が思い浮かんだ。まさに殺戮《さつりく》である。

小さな店とはいえ、夫婦と奉公人四人をあっという間に殺したとなれば、下手人は複数だと思われる。臨時廻りが残している御用帳にも、同様のことが記されている。忠兵衛はまだ事件から日にちが経っていない現場を眺めながら、どんな小さな手掛かりでも探そうと思っていた。

奥に廻ると、ちょっとした庭があって、裏木戸がある。おりんが話していた、突っ支い棒をし忘れたという裏木戸だ。

近づいてみると、きちんと嵌《は》め込まれていた。事件のあった時からそうなのか、後で町方が閉じたのかは不明だが、御用帳にはこの点については何も記されていなかった。

忠兵衛は突っ支い棒を外して、裏木戸を開けようとした。が、塀の柱に挟まるように傾いていて、すんなりとは開かなかった。力任せに動かそうとしても、ギシギシと軋《きし》む音がするだけであった。

「随分と使ってないようだな……なのに、どうして、おりんは突っ支い棒をし忘れたなどと話したのだろう……妙だな」

と独り言を呟いて、半ば強引に開けると、すぐ外は、石積みの水路になっている。目黒川から引き込まれたもののようだが、一間《けん》程の幅があるので、ここを跨ぐことは難しい。

裏木戸の下の辺りを見ると、しっかりとした木の枠組みが残っている。かつては、この水路を跨ぐ小橋があったようだが、腐蝕具合から見て、何年も架けられていなかったようだ。つまり、人の出入りには使えないということである。

そんな状態を見ていると、ますます、おりんがなぜ突っ支い棒をし忘れたなどと話したのかが、気になってきた。

すると——水路の対岸にある小径に、ひとりの四十絡みの男が立った。

商人らしい印半纏《しるしばんてん》を着ているが、あまりまっとうな顔つきや態度には見えなかった。忠兵衛のことを窺《うかが》っているような目つきだった。

「おい。おまえは誰だ。もしかして、岩松じゃないのか」

忠兵衛が思わず声をかけると、呼ばれた商人風はすぐに踵《きびす》を返して逃げようとした。だが、一間もある水路の向こうに、忠兵衛が跳ぶことはできなかった。

——くそ。勝馬がいればなあ……。

と思ったが、随行していた宿役人がハッキリと、

「あいつは岩松に間違いありませんよ。金貸しです。何か気になることでも？」

「ふうん。そうかい……後で奴の店に案内してくれ」

「お安い御用で」

「裏木戸はここだけかい。他にも出入りできる所はあるのか」

「いえ、ここだけですよ。まあ勝手口なら、厨房の方にもありますが」

宿役人に案内されて、台所まで行くと、何処にでもある土間に竈《かまど》などがあって、その奥に勝手口がある。そこは日頃から使われていたようで、ふつうに開け閉めができた。一応、心張り棒があるが、室内のせいか頑丈なものではなかった。

勝手口の外からは、裏手の蔵に繫がっているようだった。塀の向こうはすぐ隣家の蔵や店の壁が迫っており、ここから賊が出入りするとは考えにくかった。

臨時廻りの探索によると、賊は家人を殺した後、店から潜り戸を開けて表通りに出て、そのまま目黒川まで走って、舟で逃げたのであろうとのことだった。もちろん、目黒川周辺や北宿一帯、念のために南宿や歩行新宿まで範囲を広げて、宿役人たちは調べたが、怪しい者はいなかったという。

「――明け方、問屋場の者が気付いたときには、とうに遠くに逃げ去っていたというわけか……だとしたら、江戸に来るより、東海道を西へ向かったかな……」

忠兵衛はそう言ったが、宿役人は否定した。宿場には幾つか木戸があり、夜中は閉まっている。もし通ろうとしても、寝ずの番がいて、誰何《すいか》されるから、逃げるのは難しいだろうとのことだ。もちろん、江戸に向かえば、高輪《たかなわ》の大木戸があるから、もっと厄介であろう。

事件を解く何か新しい鍵がないかと思っていたが、当てが外れた。

その足で、岩松の店に向かった。

同じ宿場の外れにある木戸番の並びあたりに、その店はあった。わずか二間で奥行きも狭く、丁度、木戸番小屋に張りついているような感じだった。

「こんな所で、金貸しかい……」

不思議そうに忠兵衛が訊くと、宿役人は当たり前だという顔で、

「交代で番人もやってますんでね」

「岩松が、かい……」

「そうですよ。あんな面《つら》してますが、人のいい奴で、宿場じゃ知らない者はいませんよ。じゃ、私はこれで」

言いながら一方を指すと、通りをぶらぶらと岩松が帰ってきた。『相模屋』の裏木戸で声をかけられたときから、忠兵衛が来るであろうことは承知していたようで、岩松の方から、軽く頭を下げた。

「これはこれは、角野忠兵衛さん。品川くんだりまで、よくおいでになりました」

「俺のことを知ってるのかい」

「そりゃもう、江戸南町奉行所にこの人あり、という御仁ですから」

わざとらしく誉めたが、値踏みするような目つきで、忠兵衛のことを見ている。

「違うだろ。俺なんか、奉行所でもいるかどうか分からぬ昼行灯《ひるあんどん》と言われてるんだ。誰に聞いたんだ。俺のことを」

「いえいえ。御用の筋では、〝くらがり同心〟といえば、角野さんをおいて他におりませんから……で、まだ永尋になってないはずですが、どうして角野さんが」

「御用のこともよく知ってるようだな」

「へえ。あっしも昔は、十手を持っていたことがありましてね。なので、町の木戸番も任されているってわけでさ」

「なるほど……では、此度の『相模屋』の一件についても、何か調べがついたかい」

「いいえ。今はただの金貸しですから」

「女郎船も扱ってるだろ。事件のすぐ後に、情け容赦なく『花乃里』におりんを売り飛ばした。大した玉だな」

「あれは……」

岩松が忌々《いまいま》しげに目を細めると、忠兵衛は飄然としたままで、

「言い訳はいいよ。こっちはすべて承知している。『花乃里』の斉兵衛とは古いつきあいで、それが〝人助け〟だってことも分かってる。俺が知りたいのは、誰が『相模屋』に手引きをして、上手く逃がしたかってことだ」

「………」

「殺したのは恐らく、思いがけぬことだったのだろう。あの血の痕や部屋の様子を見ると、盗みを見咎められたために殺したはずだ。でなきゃ、寝込みを襲って殺した上で、じっくりと盗むものだ」

忠兵衛は岩松を凝視して言った。

「そうだとは思わないか。元十手持ちなら、分かるだろ」

思わず目を逸らした岩松は、店の中に入って狭苦しい帳場に座った。そして、おもむろに煙管《キセル》をくわえながら、

「これは驚いた。もう永尋扱いですかい」

と訊いた。町人が持つにしては高そうな金の逸品だった。

「俺は『相模屋』のことではなくて、十年前の『備後屋』の一件を調べてるんだよ」

さりげなく忠兵衛は言ったが、岩松は明らかに動揺したように、煙管を落とした。それを忠兵衛はじっと見ていたが、岩松は微《かす》かに震える手で拾い上げると、

「なんですか、その『備後屋』ってのは」

と訊いた。

「――知りたいかい」

勿体つけるように忠兵衛が訊き返すと、岩松は「別に」と呟いて、箱火鉢の火種から煙草に火を移した。

「そういや……『備後屋』の一件でも、それに似た煙管が落ちてた。俺は煙草をやらないから、よく知らないが、煙草吸いは、葉の種類にも煙管にも拘《こだわ》りがあるようだな」

「………」

「他にも遺留の品は沢山、残っていた。下手人が着ていた羽織とか、殺しに使った

刃物、塀をよじ登った縄梯子《なわばしご》、蔵の鍵や戸をこじ開けた道具、主人の徳兵衛《とくべえ》やその女房や子供らを縛った縄、色々な足跡なども幾つか残っていたのだが、いずれも探索の手掛かりにならなかった」

「そうですかい……この煙管は、何処にでもあるものですよ」

言い訳のように岩松が言ったが、忠兵衛はさして気にする様子もなく、

「岳蔵が捕まったのは知ってるかい」

「えっ……」

「おまえと上州でつるんでた、山子田村の岳蔵だよ。新田郡《にったごおり》辺りじゃ名の知れた侠客の……ええと、赤城《あかぎ》の久万五郎《くまごろう》の世話になっていただろうが」

岩松はあからさまにそっぽを向いて、煙を長く吐き出した。狭い店内には煙草の苦い匂いが一瞬にして充満した。

「覚えてないかい。久万五郎の若い衆をしてたが、渡世人としちゃ半端者だから、破門同然に追い出されたんだろ」

「――旦那……昔のことは勘弁して下せえよ……誰だって、触れられたくねえことのひとつやふたつ、あるでしょうが」

「俺は何もないよ」

「若気の至りってやつで、今じゃこうして、少しは人様の役に立ってるつもりだ……旦那は一体、何を訊きたいんで？　あっしが『相模屋』の一件に関わってるとでも」

ふて腐れたように睨みつけてきた岩松に、忠兵衛は愛想笑いで返して、

「まさか。木戸番がそんなことをするわけがない。それより、岳蔵が何で捕まったのか、気にならないのかい」

「――何をしようと、俺にはもう関わりはねえし……」

「札差『出羽屋』の主人・甲右衛門を殺したんだよ」

「へえ、そうですか……」

わざとなのか、本当に知らぬのか、岩松は関心なさそうにしている。

「甲右衛門ってのは、おまえが深川の遊女屋に預けたおりんを、引き受けてくれた御仁だ。知らなかったのか」

「預けた後のことは知りませんよ」

「そうか。だとしたら、皮肉な巡り合わせだな……甲右衛門は立派な札差になってたが、元は朝吉って男だ」

「!?――」

今度こそ、明らかに岩松は動揺した。

「朝吉のことは、知ってるのだな……岳蔵もどうやら、甲右衛門が朝吉だってことを知ったのは最近のことのようでな。昔のことを持ち出して、脅しをかけたようなんだ」

「………」

「なんで殺しまでしたかは、今のところはまだ分からないが、少なくとも十年前の『備後屋』のことは認めている」

忠兵衛が顔を覗き込もうとすると、岩松は煙管どころか、全身がぶるぶると震えだした。だが、忠兵衛はそれ以上、責め立てることなく、

「十年前の『備後屋』の皆殺しについちゃ、岳蔵が話してるだけのことだし、もう物証は残ってない。甲右衛門も死んでしまったし、奉行所も解決する気はない。被害者もその縁者もいないからな。だが、俺は仕事柄、やらなきゃいけないのでな」

「………」

「もし、何か話す気が起きたら、南町奉行所まで訪ねてきてくれ」

と言いながら背中を向けて、忠兵衛は店の外に出た。そして、木戸口に向かって、ゆっくりと歩き始めた。その忠兵衛の後ろ姿を見ていた岩松の顔が、憎々しげに歪

んだ。

「――岳蔵のやろう、生きてやがったか……朝吉めも……」

口の中で呟いて、異様なほど鋭い目つきになった。

六

深川の外れ、材木置き場の十万坪《じゅうまんつぼ》辺りに、ぽつんと小さな木賃宿があった。裏手は掘割から海に繋がっており、屋形船が停泊していた。以前は、関八州《かんはっしゅう》から来た鳶《とび》や人足たちが泊まる所であった。

海面の夕映えの照り返しが強い。その宿の二階の一室に、三人のむさ苦しい男が、干物をあてに酒を飲んでいた。

その中の、もう五十半ばの兄貴格の男がギラリと振り返って、

「なに……角野が動いてるだと？」

と廊下に控えている岩松に目を移した。謙《へりくだ》ったような態度の岩松は今、到着したばかりなのか、荒い息で伝えた。

「へえ。まさか、〝くらがり〟を扱う同心が動いているとは思いやせんでしたが、

たまさか昔の事件と繋がったみたいで……」

「昔の事件てなあ、なんでえ」

兄貴格が睨みつけると、他のふたりは警戒したように立ち上がって、窓の外をこっそりと見たりしていた。

「もう十年も前のことですが、弥平次《やへいじ》さんらとは関わりがありやせん」

岩松が『備後屋』の一家惨殺のことを簡単に伝えてから、

「とにかく、ここからお逃げなさい」

と言うと、日焼けして真っ黒な弥平次と呼ばれた男は、眉間に皺を寄せた。

「まさか……おまえ、十年前のその事件に関わってるのか」

「あ、いえ……」

曖昧に返す岩松に、他のふたりが近づいて肩を摑んだ。すぐに弥平次が迫った。

「どうなんだ」

「ただの見張り役ですよ。俺と朝吉は」

「朝吉?……おまえと一緒に、久万五郎親分のところにいた奴か」

「へえ。その節は、子分だった弥平次さんにもお世話になりやした」

「……そうか、その事件のことは覚えてるが、おまえたちがやったのか」

弥平次は苦々しい顔になって、岩松を睨みつけた。

「店の夫婦や子供らを殺したのは、岳蔵と伝三郎《でんざぶろう》って奴です……ふたりとも逃げる途中に、下総の山の中で土砂崩れに遭って、みんな死んだと思ってやした」

「……」

「悪いことはできやせんやね。バチが当たったんだな」

岩松は苦笑して、自分の頭を掻きながら、

「そん時は、俺だけが助かったんです。目の前で、伝三郎は岩で頭を打って死んで、他のふたりは生き埋めになったとばかり」

「で、おまえが盗んだ金を独り占めにしたってわけか。それで、縁もゆかりもねえ品川宿で、金貸しを……」

「ええ、まあ、そんなところで……」

悪びれる様子もなく言う岩松に、弥平次はいきなり杯を投げつけた。もろに顔面に受けた岩松の表情が強張った。

「何をするんです、兄貴」

「――おまえは、尾《つ》けられてるんじゃねえか……あの角野はなかなかの策士だ。これまでも、めぼしい奴を泳がせたり、カマを掛けて吐かせたりしてる」

「その点はこっちも〝玄人〟ですからね、用意周到に女郎船を使って来ましたから」

「そうかい……それなら、余計、案ずることはないな」

弥平次が頬《ほお》を引き攣《つ》らせると、若い衆ふたりが両脇から岩松を組み伏せた。

「な、なにするでやすッ」

「おまえに余計なことを喋られちゃ、こっちの命が危ねえからだよ」

鋭い目つきのまま弥平次が言うと、岩松は居直ったように怒声を浴びせた。

「冗談じゃねえぞ。こっちは、兄貴分だと思って世話してきたんじゃねえか。上州で代官殺しまでして逃げてきたのを匿《かくま》ってやったのは、誰だと思ってやがんだ」

「おまえだよ。それ以上の厄介事を、俺は尻拭いしてきたやったと思うがな」

「ふざけるねえッ。『相模屋』に押し込んで、殺しまでやったのは、どこのどいつでえ。捕まらねえように逃がしてやったのに、てめえは恩を仇《あだ》で返すってのか」

「そりゃお互い様ってやつだ。喋れば、てめえの昔のこともバレる。下手すりゃ、『備後屋』の一件にも繫がるかもしれねえ。後ろめたさがあったからだろ。事実、角野にはもうバレてるじゃねえか」

「――そうかい……だったら、こっちも大人しくしてねえぞ」

若い衆ふたりに一瞬の隙に肘打ちをかまして、岩松は隠し持っていた匕首《あいくち》で斬りつけた。その切っ先が、若い衆のひとりの顔面に触れて、鮮血が飛び散った。

その血が目に入った弥平次はカッとなって、傍らの道中脇差しを掴むや素早く抜き払い、岩松に斬りかかった。岩松はわずかに見切って避《よ》けると、弥平次の方に若い衆を突き飛ばした。

「どきやがれ！」

若い衆を蹴飛ばしながら、さらに斬りかかった弥平次だが、岩松はのけぞった弾みで、階段の下まで転がり落ちた。

その後を追おうと弥平次が階下を見ると、そこには篠原が立っており、転がり落ちた岩松は捕方に取り押さえられていた。階上で仁王立ちになる弥平次に向かって、

「南町奉行所定町廻り筆頭同心、篠原恵之介である。油問屋『相模屋』一家殺害の疑いで捕らえる。神妙に縛につけ」

と怒鳴り上げた。

弥平次は道中脇差しを投げつけると、窓に走って手摺りを乗り越え、屋根伝いに走って、掘割沿いに留めてある屋形船に飛び乗ろうとした。だが、そこには、屋形船はもうなかった。

――あっ。

と踏みとどまった弥平次に、追いかけてきた篠原が刀を突きつけた。

「抗《あらが》っても無駄だぞ」

若い衆はすでにふたりとも、篠原に腕や肩を叩き斬られ、捕方数人によって縛りつけられていた。

「うるせえ」

ひらりと屋根から掘割に向かって、弥平次は飛び降りようとした。が、寸前、素早く近づいた篠原が、刀の切っ先で足を払ったため、弥平次はそのまま地面に落ちた。

直ちに――。

弥平次と若い衆ふたりは、南町奉行所に連行され、吟味方与力の尋問を受けた上で、牢部屋に入れられることもなく、お白洲に直行させられた。そして、大岡越前の吟味を受けた上で、引き廻しの上、獄門と裁断された。

上州で代官殺しをして追われていた男たちでもあったから、処刑も翌日、執りおこなわれることとなった。

裁決が終わっても、お白洲にはまだ岩松が残されていた。後ろ手に縛られたまま、壇上の大岡が何かを言い出すのを、観念したように待っていた。

「何か悔いていることはないか」

大岡が問いかけると、岩松は吐き出すように、

「角野忠兵衛さんに踊らされて騙されたことを悔いてますよ」

「おまえに疚《やま》しいことがあったからだ」

「……」

「弥平次なんぞに関わったのが運の尽きだな。もし悪事を働いたとしても、生まれ変わったように悔い改めて生きていれば、救われる道もあったと思うのだがな、朝吉のように……」

大岡がすべてを承知しているかのように、

「十年前の両替商『備後屋』の一件について、改めて吟味致す……岳蔵をこれへ」

と言うと、蹲《つくば》い同心が、やはり後ろ手に縛られたままの岳蔵を連れてきた。お白洲に座らされた岳蔵は、膝が痛いだの縛った縄がきついだのと文句を言ったが、誰も相手にしなかった。

大岡は威儀を正して、冷徹な声で言った。

「岳蔵……おまえは甲右衛門こと、朝吉を一突きで殺し、十年前には一家を惨殺し

た。痛いとか苦しいという声も聞かずにな」

「いや、それは……」

「殺された者たちの苦痛に比べれば、蚊に刺された程度のものだ」

「だったら、お奉行様も縛られてみて下さいよ。けっこう痛いんですよ。こんな縛りつけたまま、お白洲で取り調べていいんですかい」

「別に構わぬ」

やはり冷徹に言った大岡は、並んだ岳蔵と岩松を見比べて、

「十年前の事件では、岳蔵……おまえが一家を惨殺し、甲右衛門と岩松は見張り役だったとのことだが、さよう相違ないか」

「さあ、知りませんよ、そんなこと」

岳蔵は居直ったようにすっ惚《とぼ》けた。岩松も我関せずという顔をしていた。いずれも根っこから腐っているような態度だった。

「岳蔵。おまえは甲右衛門が殺したと言い張ったが、事実は逆だった。岩松もおまえが殺したと、角野に話しておる。だが、今、おまえは知らないと申した。ということは、岩松もただの見張りではなく、殺しに加担したということだ。そう判断する。よって、ふたりとも……」

大岡が言いかけると、食い下がるように岩松が声を上げた。

「ま、待って下さいよ、お奉行様。俺が見張りだったのは本当だ。ああ、本当ですとも。朝吉とふたりで、奴は裏木戸の方、そして、俺は表の潜り戸の所で、誰も来ないか見張っていたんですよ」

「だから、なんだ」

「ですから、その……殺すなんてことは知らなかったんです。なのに、岳蔵と死んだ伝三郎は、店の夫婦者や子供らを黙らせて縛って、殺した上で盗みをした……俺や朝吉が、こいつが……岳蔵が殺しまでしてたって知ったのは、逃げた後のことでさ」

「それも聞いた。さよう相違ないか、岳蔵」

大岡が問いかけると、こちらも反省するどころか鼻で笑って、

「――どっちでもいいじゃないですか……どうせ死ぬ運命《さだめ》だったんだ」

「おまえが殺しておいて運命とは、非道を極める所行だな。このお白洲で死罪を言い渡されるのも、また運命と心得よ。岩松、おまえにも沙汰を言い渡すが、極刑も覚悟しておけ」

厳しい声で言うと、「これにて一件落着」と大岡は座を立った。

七

その午後、奉行所内の桔梗《ききょう》の間《ま》に、大岡から忠兵衛は呼び出された。ここは表の役所である奉行所と裏の役宅の間にある接客用の部屋だが、大岡はよく忠兵衛との〝密談〟で使っていた。

白っぽい灰が積もっている大きな火鉢を間に挟んで、ふたりは顔を見合わせた。忠兵衛は帯に差していた十手を、袱紗《ふくさ》に包んで大岡に差し出しながら、

「此度は大変、ご迷惑をおかけしました」

「――何の真似だ」

「同心にあらざることをしてしまいましたので、返上致します」

忠兵衛はいつもは見せたことのないような表情で、深々と頭を下げた。

「岩松を泳がせたことを悔いておるのか。それならば、十年前の『備後屋』のことも明らかになったのだから、永尋の結果としては悪いことではあるまい」

忠兵衛は黙って、もう一度、十手を包んだ袱紗を大岡の膝元に進めた。が、大岡は短い溜息をついて、

「呼び出したのはほかでもない。岳蔵に殺された札差『出羽屋』の主人・甲右衛門についてだ……お白洲でも岳蔵と岩松が証言したとおり、甲右衛門と朝吉がまことに同一人物かどうかを、おまえに探って貰いたいのだ」

「…………」

「というのは、先代の『出羽屋』はおまえもよく知っているとおり、大身《たいしん》の旗本の俸禄米や切米手形を扱っている、札差肝煎《きもい》りもやった程の人物だ。その男が、咎人と知らずに雇っていたというのも妙な話だ」

大岡が話を切り出すのを、忠兵衛は耳を澄ませるように聞いていたが、もう一度、頭を下げてから、

「実はそのこともあって、私は十手を返上せねばなりませぬ」

「理由を申せ……はっきりと言え。おまえと私の仲ではないか。これまで、どれだけ永尋になったものを、おまえが白日の下に晒したか、誰よりも知っておる」

「――ですが、その逆もあります」

忠兵衛は口調はハッキリとしているが、まるで後悔しているかのように言った。

が、大岡はそれも承知していると頷いて、

「奉行が裁決せず、〝裁許帳〟に記さず、未決のまま書棚に置いてある事件がある

ことも、承知している。十年前の『備後屋』の一件には、まだ何かあるというのか」

「……」

「隠すことは相ならぬ。理由を述べねば、この十手を受け取るわけには参らぬ」

厳しく突き返すように言う大岡を、しばらくじっと見つめてから、忠兵衛は「では……」とおもむろに語り始めた。

「甲右衛門が『出羽屋』に入った当初のことは、私はあまり知りません。元々、数理に長けていたのか、頭が良かったのかもしれません。ですが、五年ほど経ったら、もう手代頭《がしら》になっており、主人がなくなる一年前には……つまり三年程前には番頭にまでなっておりましたね」

「ああ、そのようだな」

「私がちょっと気になったのは、浅草の三社祭りの時でした。仕事に忙しいのは分かりますが、甲右衛門は決して人前に出ることはなく、まるで忌中のように、店に籠もっておりました……蔵前からは目と鼻の先で、人々がわいわいがやがやしているときに、ひとりポツンとしていたのです」

「それが、どうしたのだ」

「ええ……『備後屋』の事件が起こったのは、その三社祭り当日でした。真夜中のことですし、蔵前とは違う町でのことではありますが、その日だということを、私はよく覚えておりました」

「……」

「ある時、私はその話を、甲右衛門にしてみました。ええ、『備後屋』の事件の話をです……明らかに、顔色が変わりました。ですが、その時、私は……被害者の方の縁者であるのかと感じました。それで、色々と尋ねてみました……が、甲右衛門はただ、『備後屋』にはお世話になったことがあり、子供らのことも少し知っていたので、お祭り騒ぎはできません……とのことだった」

「なるほど……それで？」

「私はもしやと思い、甲右衛門の周辺を調べてみましたが、『備後屋』との繋がりが特にあるとは思えませんでした。が……神田の円照寺《えんしょうじ》という寺に、けっこうな額の寄進をしているのです」

「寺に……」

「ええ。そこには、『備後屋』で犠牲になった親子らの墓があるのです。継ぐ者はいませんでしたから、店は畳みましたが、『備後屋』の檀那寺《だんなでら》だったそうで、住職が手厚く葬っていたのです」

「そこに、甲右衛門が……」

「はい。きっと内心思うところがあって、供養したくて寄進を……ですが、決して墓前に参ったことはないそうです。あ、いえ、時に花が飾られたりしてましたから、密かに行っていたかもしれませんが」

　忠兵衛の話をそこまで聞いて、大岡が今度は深い溜息をついた。

「もしかして、甲右衛門は自分が関わった事件を悔いて、供養代わりに寄進をしていたとでも……」

「確信したわけではありませぬが、私は『備後屋』の一件を洗い直しました。ですが、やはりこれといった証拠がありません。ですから、折に触れて甲右衛門には接しておりました。ちょっとしたことでボロを出すかと」

　そう算盤を弾いた忠兵衛の目論見は外れ、逆にいい人間であることが分かってきたという。貧しい村の出だから、元々、学問をしたわけでもない。だが、『出羽屋』の先代は、もう三十路《みそじ》に差しかかっていた甲右衛門に、学問所に通わせて講義を聞かせたりし、支援していた。

「そのお陰か、世の中は支え合うことが大切だと思い、親を亡くした子や棄《す》てられた子、とにかく身寄りがない子を支えてやることを生き甲斐にしていたとか。それも先代から学んだことだと、甲右衛門はよく話してました」

淡々と語る忠兵衛に、大岡は感心して頷いた。

「それで、おりんとやらも助けてやろうとしたのだな」

「はい。それを使命だと思って、救った子供らは何十人もいるようです。が……やはり、そこまでするのは、逆に何か疚しいことがあって、それを悔い改めるために行っていたのではないか……私はそう考えるようになったのです」

「岳蔵や岩松の話が事実なら、おまえの考えや勘は当たっていたってわけだな」

大岡の言葉に忠兵衛は頷いたものの、無念そうな顔になって、

「今度は私が、悔やんでおります」

「何故《なにゆえ》だ」

「甲右衛門を救えたかもしれないのに、急なこととはいえ、一足遅れたからです」

「どういう意味だ」

「実は……甲右衛門が殺される前日、相談があると番頭を通じて申し出てきていたのです。それで私は、鯊でも釣って手土産《てみやげ》にしようと思っていたのですが……」

「相談したいこととは」

「後で分かったことですが……実は、岳蔵が現れた時、『昔のことをバラされたくなかったら金を出せ』と甲右衛門は脅されていたそうです」

「脅し……」

「ええ、番頭の話です。『昔のこと』が何を指すか、番頭には分かりませんでしたが、たまたま聞こえてしまったそうです」

甲右衛門はその時、まったく動揺することなく、

『それはできない。この店の金はぜんぶ先代から預かっているものだ。またしかるべき者が継ぐ時まで、私が護《まも》っているだけだから、一文たりともおまえに渡すわけにはいかないんだよ』

と落ち着いた声で返した。

『なんだと、ふざけやがって。てめえが、人に親切を施したって、てめえの昔の疵《きず》が消えるわけじゃねえぞ』

『分かっております。ですから、私と一緒に、恐れながらとお奉行所に出向きましょう。一家皆殺しにしたのは、岳蔵さん、あなたですが、一緒にいた私も同罪だ。ともに死罪になりますよ』

『てめえ、偉そうに！　これだけの身代だ。百両や二百両、どうってことないだろ

うが。出せったら出せ』

岳蔵は声を荒らげたが、その場は甲右衛門が何事もなく収めたという。

「私に話があるというのは、すべてを正直に話して、奉行所に同行して貰おうと思ってのことではないか……そう察したんです」

忠兵衛は無念そうに言った。

「そして、その翌日、岳蔵は開き直って甲右衛門を殺したのではないか……そう思うと、すぐにでも甲右衛門の話を聞いておくのだったと……」

「……」

「いえ。その前に、『備後屋』のことをきちんと調べ直して、甲右衛門に真相を迫っておれば、此度のようなことも起こらなかったかもしれないと思います」

「さあ、それはどうかな」

大岡は冷静に忠兵衛の顔を見つめながら言った。

「図らずも、品川の『相模屋』の事件と『出羽屋』の事件が繋がり、さらに十年前の『備後屋』の一家惨殺事件が蘇った……甲右衛門の他はろくでもない十年を送ってきていた。むしろ甲右衛門は例外で、一度悪に手を染めると、なかなか抜けきれないものだ。そんな輩は腐るほど見てきた」

「……」

「此度の甲右衛門は憐れだが、それもまた己が蒔《ま》いた種だったのかもしれぬな……おまえのせいじゃない。この十手は受け取れぬ。その代わり、『備後屋』の一件はきちんと裁許帳に残しておけ。それを言うために、呼んだのだ」

説諭するように大岡は言ったが、忠兵衛は唇を噛むだけで、何も返事をしなかった。

その日の夕暮れ――。

円照寺を訪れて『備後屋』一家の墓に参って事後報告をしてから、忠兵衛は滅入った心の気晴らしに大川端《おおかわばた》で釣り糸を垂らしていた。

満ち潮に運ばれて遡上してきた鯛《たい》か何かが引っかかったようだが、引き上げるつもりはなかった。ただぼんやりと、宵闇が迫り来る海面を眺めていた。川の中程には、提灯《ちょうちん》を掲げた屋形船が何艘か流れている。

「ずっと引いてますよ」

声をかけながら忠兵衛の背後に立ったのは、勝馬だった。やはり着流しで、釣り竿を手にしている。

「正直言って、甲右衛門のこと、〝くらがり〟に葬ったままだとしたら、私は絶対に忠兵衛さんを許せない。そう思ってました」

「そうだな……」

「でも、お奉行直々に話を聞いてきました。お奉行が裁可した上で、忠兵衛さんの書いた裁許帳も読みました」

「……」

「でも、足りないことがありますので、書き足しておきました。私も永尋書留役ですのでね……おりんのことです」

「それなら『相模屋』は潰れたし、甲右衛門もいなくなったから、『出羽屋』の番頭に頼んで、しかるべき奉公先を頼んだが……」

「甲右衛門がすでに、札差仲間に養女として迎えるよう手配りしていたそうです。自分は刑場に行く覚悟だったんでしょうね」

「えっ。そうなのか……」

「はい。先程、縁組みもしてきました。もちろん私も立ち会いました。番頭は『出羽屋』で預かってもよいと思っていたそうですが、先方の札差にも子供がいないそうで、いずれ婿も迎えたいとかで」

「――そうか……とりあえず安心した」

忠兵衛は小さく頷いたが、

「だがな。意地を張る訳じゃないが、俺はもう……」

と言いかけるのへ、勝馬が十手を差し出した。

「それは、お奉行に返上……」

「ですから、お奉行から預かってきました。今しばらく、私を教育して欲しいとのことです」

「……」

「おりんは裏木戸の突っ支い棒のことを、ずっと気にしてましたが……忠兵衛さんも裏木戸はきちんと閉めてたと思いますよ。だから、自分を責めるのはもういいんじゃありませんか」

勝馬も並んで竿を投げた。忠兵衛はそれを見て、

「そりゃ、鮃《ひらめ》を狙うやつじゃないか。しかも、泳がせ釣りの……六四の胴調子くらいのがいいが、おまえは初心者だから、もっと長いのがいいな。もっとも、この辺りにゃ、鮃はいないがな」

「え、そうなんですか……」

「まあ、いいや、それでも餌をつけりゃ、鯛が引っかかるかもしれないから、適当

にやってみな。おっと、こっちは来たッ」

「ですから、さっきから引いてますって」

苦笑する勝馬につられて、忠兵衛も何がおかしいのか笑いながら釣り竿を引き上げた。

夜釣りのようになったが、土手は灯籠が並んでおり、意外と明るい。さらに月も綺麗に浮かんでいる。どんな魚を釣り上げるか分からないが、意外な〝くらがり〟事件のように、大きな獲物が引っかかるかもしれない。

宵闇がゆっくりと、ふたりを包み込んでいった。

第二話　あやとり

一

南町奉行所のある数寄屋橋《すきやばし》御門の近くには、通りに面して茶店や一膳飯屋、蕎麦《そば》屋などが並んでいる。登城する大名や旗本の行列を見る客を当て込んでのことだが、ふだんは出商いの者や職人らで賑わっていた。

時に、外役はもとより、内役の与力や同心も奉行所から出てきて、昼餉《ひるげ》を取ることもあった。規範としては握り飯などの〝弁当持参〟が原則であるが、忘れた時などは仕方があるまい。

角野忠兵衛と北内勝馬は、掘り返す事件もないので、のんびりと散歩がてらに、近くの蕎麦屋の縄のれんを潜った。

店は一階と二階があり、いずれも広々とした座敷だが、昼時とはいえ、ごった返すほど賑わっていた。ふたりとも天麩羅付きのざる蕎麦を頼んで食べていると、隣の席で注文の品が来るのを待っていた三十絡みの男が、チラリとふたりを見た。八丁堀同心の姿であるからだろう。何かあれば頼りにされるが、あまり関わりたくないのが本音であろう。

勝馬は特に気にする様子はなかったが、忠兵衛は何となく目つきが気になった。傍らに薬売りの箱を包んだ風呂敷があるので、どこぞの薬種問屋《やくしゅどいや》の出商いなのであろう。

そこに、商家の内儀風の女が、階段を上がってきた。五歳くらいの可愛らしい女の子を連れており、やっと席を見つけたとばかりに、出商い風の男の前に座った。途端——男と女はほとんど同時に、アッと目が点になって、お互いに見合った。

それはほんの一瞬のことで、女の方が、

「なんだか、窮屈だから、他の店にしようかねえ」

と子供の手を引いて立ち上がった。すると、忠兵衛が声をかけた。

「俺たちはもう食べ終わってるから、こちらにどうぞ」

「あ、いいえ、結構でございますよ」

女は遠慮がちに断ったが、忠兵衛はすぐに立ち上がり、まだ蕎麦湯を飲んでいる勝馬の肩を叩いた。

ほんの一瞬、擦れ違っただけだが、商家の内儀風の女から、なんとも言えぬ甘い香りが漂ってきた。忠兵衛は立ち止まって、チラリと目を向けたほどだった。

「あ、行きます、行きます。さあ、どうぞ。ここの蕎麦は江戸一だと思うぜ」

女の子の頭を軽く撫でてから、勝馬も客の間を縫うように、忠兵衛の後を追った。

階段の所まで来た時、忠兵衛が振り返って見やると、親子はその席に座った。だが、女は隣の男を見ようとはしなかった。むしろ、背中を向ける姿勢である。男の方も何となく、女を意識して視線を避けているように見える。

──妙だな……。

と思った忠兵衛の〝腹の虫〟が鳴った。

「食ったばかりなのに……」

勝馬がからかうように言うと、階下に降りてから、忠兵衛は耳打ちをした。

「今、席を譲った親子連れが店から出たら、何処の者か尾けて調べてくれ。俺は、隣にいた男の方を探ってみる」

「えっ……どうしてです」

「虫の知らせだ。とにかく、女の素性を調べてくれ。気付かれないようにな」

「それは構いませんが、何なんですか」

「俺にも分からないが、引っかかるものがあるんだ。あのふたり、お互いが吃驚《びっくり》したように見合っただろう。それが気になってな」

「そうでしたか？」

「うむ。絶対に見逃すなよ」

店を出ると奉行所の方に戻るふりをしながら、忠兵衛と勝馬は近くの路地に入った。しばらくすると、男の方が出てきた。

「俺は奴を尾ける」

「そんなに怪しい男には見えませんがね……」

「怪しいかどうか確かめるだけだ。これまでも何度も〝腹の虫〟が報せてくれたことがあるのでな。ちょいと信じてみる」

忠兵衛はそう言うと、子供連れの女を見逃すなよと念を押して、出商い風の男を尾け始めた。少し離れた所で、男は荷物を背負い直し、ヨイショと立ち上がった。眺めているだけでは、特に悪党には見えない。だが、蕎麦屋で忠兵衛を見た目つきや、女とのことが気になって仕方がなかった。

中肉中背で何処にでもいる風貌で、特に特徴はない。だが、その男も何か気がかりなことがあるのか、時折、振り返っている。忠兵衛は相手に見えないように尾けていたが、万が一、逃げられたときのためにと、途中、自身番の表にいた番太郎《ばんたろう》にも、その男を尾けるよう命じた。

男は日本橋の薬種問屋『越中屋《えっちゅうや》』の暖簾《のれん》を潜って、店の中に入った。この店は中堅所の薬屋だが、忠兵衛も風邪薬などを処方して貰ったことがある。主人の麻《あさ》右衛門《えもん》や番頭の秦兵衛《しんべえ》とは顔馴染みである。

「――ここに出入りしているのか……」

忠兵衛は路地に入り、格子窓から中を覗いてみると、すぐに薬の荷を開いて、店の者たちと何やら商談をしていた。

どうやら、越中富山《とやま》から来ている置き薬の類《たぐい》とは違って、卸売りの契約をしているようだった。主人の麻右衛門とはもちろん以前からの知り合いのようで、にこやかに話をしていた。

しばらく談笑をしながら、商取り引きも上手くいったようで、機嫌良く店から出ると、また歩いて違う薬種問屋に入った。同じように幾つかの店を転々として、商談を纏《まと》めると、夕暮れ近くになって、定宿にしているのか、浅草御門近くの旅籠に入っていった。

旅籠の下足番が、「お帰りなさいまし。お疲れ様でした」と男に声をかけるのが聞こえた。忠兵衛は『松美屋《まつみや》』という旅籠の名を確かめてから、踵を返そうとした。

だが、まだ何か釈然とせず、付かず離れず尾けてきていた番太郎の巳之助《みのすけ》に金を渡して、旅人のふりをして男のことを調べろと命じた。結構な金を手にしたので、巳之助はふたつ返事で応じた。


翌日——。

出仕前に、南町奉行所近くの自身番に立ち寄った忠兵衛は、巳之助から旅籠での男の様子を聞いた。

「宿帳によると、その男は、越中富山城下の『福寿屋《ふくじゅや》』という薬種問屋の手代でした。主に、江戸と大坂《おおさか》、京《きょう》の薬種問屋に、自前の気付け薬や肝や腎、血道を良くする薬を売っているそうですよ……名は、清八《せいはち》です」

巳之助が言うと、忠兵衛は訊き返した。

「おまえが調べたのかい」

「夜の飯が一緒の部屋だったのでね、さりげなく訊いてみたんですよ。あっしは荷物もないから、流れ者だと嘘をついてね」

「他には……」

「あれこれ身の上を訊くのも怪しまれると思ったんでね。でも、女房や子供はいないようだし、何処にでもいるふつうの手代としか見えませんでしたよ」

「そうかい。では、江戸には年に一度か二度しか来ないってことか」

「へえ。でも、富山にしちゃ江戸弁っぽいので訊いてみたら、生まれは浅草らしいですが、数年前に縁があって、富山に移り住んだって話ですぜ」

「数年前……ということは、それまで江戸で暮らしてたってことか。何処で何をしてたか、話さなかったか」

「さあ、そこまでは……ただ色んな物売りはしていたって。今日もあちこち出歩くみたいですよ。沢山の店に置いて貰う約定《やくじょう》を取り付けないと、おまんまの食い上げだって」

巳之助はそこまで話してから、

「角野の旦那……何を探ってるんでやす。あの男が昔、事件でも起こしたんですかい」

と訊いたが、忠兵衛は曖昧に返事をした。

「よく分からないから調べてるんだ。岡っ引の真似事をさせて悪かったな」

「いえ、なんなら、篠原様や銀蔵さんに話しておきましょうか」

「それはいい。あのふたりが出張ってくると、何でもないことが事件になるからな」

冗談めかして言ってから、忠兵衛は自身番を後にした。

南町奉行所の永尋書留役の詰め部屋に入ると、すでに勝馬が来ていて、書棚から何冊かの綴り本にしてある書類を出している。それを文机《ふづくえ》の上に置いて、探し物でもするように目を凝らしている。

「昨日の女のこと、何か分かったかい」

「特に何もありませんでした。名は、おさえ。ふつうの商家のお内儀でしたよ。京橋《きょうばし》の『山城屋《やましろや》』という呉服問屋の」

「そうなのか。では怪しいところは……」

「忠兵衛さんの〝腹の虫〟は間違ってたってことです。男の方も特に何もなかったそうじゃないですか」

「どうして、そのことを……」

「自身番に立ち寄ったら、巳之助の方から話してくれました。忠兵衛さんが尾けさせてたのを、私も見てましたから」

勝馬は、ふたりが顔を見合わせて驚いたのは、忠兵衛の思い過ごしだと断じた。

「もしかしたら、昔の恋人同士だったかもしれませんがね」

「昔の恋人同士……」

忠兵衛が言葉を繰り返すと、勝馬は首を横に振った。

「それもないな。だって、清八って人は、ほとんど越中富山で暮らし、おさえって人が常陸《ひたち》から江戸に来たのは、六、七年前。それからすぐに『山城屋』の主人・為《い》右衛門《えもん》に見初められて、嫁に入ってますから」

「六、七年前……」

やはり何か引っかかった忠兵衛は、首を傾げて、

「清八が富山に移ったのが数年前……関わりがあるとしたら、その頃ってことか」

「気になることがあるなら、直に当人たちに訊いてみればどうですか。それこそ疚しいことがあれば、顔色が変わるのでは？」

勝馬はそう言ったが、直に訊いてしまえば、全てが倒壊しそうな気がしてならなかった。それが何かは分からぬが、不審な思いは拭いきれなかった。

それほど、ふたりの目が異様に驚いたことが、深く印象に残ったのだ。

「――ところで、おまえは何を探しているのだ」

「いえね。お内儀のことはともかく、呉服問屋『山城屋』の方に少し引っかかりましてね。たしか見たような……ああ、これだ」

永尋書留役に就いた日に、昔の事件すべてに目を通し、ほとんど覚えているほどの秀才である。差し出したのは、六年程前の「遊び人・利平《りへい》殺し」を記載したものだった。

「この中に、京橋呉服問屋『山城屋』の店名が出ているんですよ」

勝馬は指し示しながら伝えた。

「ええと……殺された遊び人利平は、大店の売り物に汚れや染み、破損などがあったと因縁《いんねん》をつけ、弁償金を要求していた……とあって、その被害を受けた大店が十数軒、書き並べられてます。その中に、『山城屋』が、ほら……」

「おまえ、一度読んだだけで、そんなことをよく覚えてるなあ」

「でも、これ角野さんが書いたものですよね」

「細かいことまで、一々、覚えちゃいないよ。しかも一家惨殺とか大事件絡みと違って、ただの殺しだからな、印象に残ってない」

忠兵衛は勝馬の記憶力に感心しながらも、自分は忘れたと苦笑してから、

「それが、なんだというのだ」

と訊いた。

「ここに記されている大店は、利平に脅されたと町奉行所に届けた店ばかりです。泣き寝入りした店もあるでしょうが、利平は逆恨みをして、『山城屋』らをもっと酷い目に遭わせようとしていた。そんな矢先に何者かに殺された」

「まさか、この店の中の誰かが殺した、とでも言いたいのか……ああそうか、ちょいと思い出してきたぞ」

忠兵衛の脳裏にはみるみるうちに、当時の事件の情景が蘇ってきた。

二

利平という遊び人は、表立って悪さをする者ではなかったから、決して目立たなかった。見た目も極悪そうな顔はしておらず、むしろ女たらしの色男っぽかった。

その利平が無惨にも胸を刃物で刺されて、深川の地蔵堀辺りで見つかったのは、大雨で水が溢れている日だった。何処からか流れてきたとも思われて、定町廻りは雨続きの中を何日も探索していた。

定職を持たない遊び人だから、出入りしているであろう隠し賭場や、付き合いのあった女郎や出合茶屋《であいぢゃや》の女、さらには不義密通の相手、日頃から喧嘩をしていたゴロツキ、強請《ゆす》りたかりの被害者などを徹底して調べ上げた。恨みで殺されたかもしれないからだ。

その大勢の中に、『山城屋』の主人や番頭の名も浮かんだのである。もっとも、事件があった夜は、どの店の主人や番頭、手代らも寄合があったり、仕事をしていたりして、今でいう〝アリバイ〟があった。

もちろん、一番揉め事があるであろう遊び人仲間も隈無《くまな》く調べたが、結局、下手人は見つからず、永尋になったのである。もっとも、殺されたのは評判の悪い男だったから、誰にも同情されることはなく、むしろせいせいしている人が多かった。

「——利平、な……」

忠兵衛は探索に出向いたわけでもなく、その死体を検《あらた》めてもいない。殺された利平の顔や体つきの特徴は、調べに当たった定町廻り同心から聞いただけのことだった。

そこには天候なども記されており、梅雨が過ぎたというのに、雨が数日、続いていたようだ。それを読んで、利平の事件があった頃は、下手人が分からないのもあって、奉行所内でも誰もが苛つくほど、蒸し暑かったことを思い出していた。

「あ、そうだ……」

その事件の数日後に、同じような殺しがあって、それも下手人が不明のままだった。

殺されたのは女で、背中に包丁が突き立てられて死んでいた。亡骸が見つかったのは、八丁堀近くの亀島橋《かめしまばし》の下だったから、忠兵衛も駆けつけて、その状況は覚えている。

忠兵衛は書棚から、「毒婦お仙《せん》殺し」の書類を取り出して、勝馬に見せた。

「――毒婦……ですか」

勝馬が訊くと、忠兵衛は頷いて、

「こいつは、上野広小路《うえのひろこうじ》にある出合茶屋の女だったのだが、客の醜聞や弱味に付け込んで、金品を巻き上げる……まあ、利平の男版みたいなものだ」

「へえ、江戸には、そんな悪い奴ばかりですねえ」

「そんなことはない。ほとんどは善良な人間だ。その善良な者たちに付け込んで、悪事を働く輩が悪いんだ」

「でも、善良ならば、付け込まれる隙なんかないでしょうに」

「人ってのは弱いものだ。小さな負い目でも、津波のように感じて恐怖を植えつけられ、悪い奴にコロッと騙される」

「そうですかねえ。疚しいことがなけりゃ、怯えることはない。逆に、そんな輩は吊るし上げてやりますけどねえ」

「世の中、おまえのように強い奴ばかりじゃないんだよ」

忠兵衛は当然のように言ってから、手にしていた書類を軽く叩いて、

「とにかく、このお仙と利平が何処かで繋がっていたのではないか、男と女の関わりがあったのではないか……なんて、読売でも騒がれたが、ふたりの接点はまったくなかった。あるとしたら、誰かに恨まれて殺されたのだろうってことだけだった」

「ふうん……憐れなものですね」

「己が蒔いた種だろう。だが、下手人が分からずじまいだから、町奉行所はかなり批判された。ああ、思い出したよ」

まるで懐かしむように忠兵衛は言ったが、勝馬は綴り本を閉じて、

「いずれにせよ、『山城屋』が利平に何か因縁をつけられたってのは、おさえがお内儀になる前のことだから、この一件とは関わりありませんな。てことで、やはり

忠兵衛さんの思い過ごしでした」

「ふむ……」

「永尋って所は暇すぎるから、余計なことばかり頭を掠めて、妄想するんですね。ああ、俺もやっぱり、定町廻りに行った方がいいかなあ……こんな部屋に日がな一日いると、頭も体も腐ってしまいそうです」

つまらなそうに勝馬が言うと、忠兵衛はふいに立ち上がって、

「そうだな。俺は町奉行所に来てから、ずっとここにいるから、腐りきって蛆《うじ》が湧いてるかもしれぬな」

と言いながら部屋から出て行った。

「何処へ行くのです」

「厠《かわや》だよ。おまえも暇なら、他に何か面白そうな事件はないか探してみな。考えてみりゃ、事件が〝くらがり〟に落ちたまま、浮かばれない奴も多いんだからよ」

忠兵衛は詰め部屋を後にすると、厠には行かずに奉行所から出て、日本橋の薬種問屋『越中屋』を訪ねた。もちろん、昨日、尾けた清八のことが、どうしても気になっていたからである。

店に入ると、主人の麻右衛門と番頭の秦兵衛が何やら真剣に話し合いをしていた。

他の手代たちは客の相手をしており、かなり忙しそうであった。

「迷惑だったかな」

忠兵衛が声をかけると、麻右衛門と番頭は同時に振り返って、ほんのわずかに驚いたような顔になった。が、すぐにいつものように愛想良く笑いながら、麻右衛門が近づいてきた。

「これは角野様。今日は何の薬をご所望でございましょうか」

「近頃、なかなか寝付けないのでな」

「それは困りましたね……やはりご多忙で、体が優れないのでしょう」

「ご多忙って、皮肉かい」

「まさか。やはり人参の湯液《とうえき》療法で処方しましょう。寝付けないのは体が弱っている証《あかし》です。五臓を補い、精神を安んじ、魂魄《こんぱく》を定め、驚悸《きょうき》を止む。そのためには人参が……」

「そんな高いのは使えないよ。いつもの気付け薬でいいよ。それより、つかぬことだが、訊きたいことがある」

「はい、なんなりと」

麻右衛門が膝を整えて座ると、傍らに忠兵衛は腰掛けた。

「この店の屋号じゃないが、越中富山から薬を売りに来ている清八って男のことだ」

「えっ……はい……」

　わずかだが、麻右衛門は表情が曇り、番頭の秦兵衛と顔を見合わせた。

「富山城下の薬種問屋『福寿屋』の手代だそうだが、付き合いは長いのかい」

「――清八さんが、何か……」

「ちょいと気がかりなことがあって、どういう人かと思ってな」

「気がかり……とは」

「特に何がってことはないのだが、昨日、蕎麦屋で会ったものでな。そしたら、たまたまこの店に商いに来るのを見かけたもので」

「たまたま……」

　明らかに訝しむ様子の麻右衛門を、逆に忠兵衛は不審に感じた。

「む？　どうかしたかい」

「いえ、昨日もこの辺りを……何か事件でもあったのですか」

「俺は定町廻りじゃないから、事件があっても探索には関わらないよ。知ってのとおり、昔のことを穿り返すことはあるがな」

「では、清八さんに何か……」

「誤解するな。そういう意味じゃない。蕎麦屋で擦れ違っただけの話だ」

「はあ……」

気のない返事をした麻右衛門だが、やはり何か忠兵衛の態度が妙だと感じていたのか、いつもとは違って疑《うたぐ》り深い目つきになった。帳場の番頭も同じように見ている。

「――ところで、麻右衛門……京橋にある『山城屋』という呉服屋を知っておるか」

「お名前だけは……私どもとお付き合いはございません」

「そうか。なら、いんだ」

忠兵衛がそう言って立ち去ろうとすると、麻右衛門の方から、

「その『山城屋』さんが何か……？」

「内儀のおさえって女のことを、知っているかと思ってな」

「いいえ、分かりません……」

「何でもない。忘れてくれ。俺のような立場の人間が人の名前を出すのは、よくないな。世間に何かあると勘繰られるからな。余計なことだった。じゃ、後で気付け

薬を取りに来るから処方しておいてくれ」

「はい。承知致しました……毎度、ありがとうございます」

麻右衛門が深々と頭を下げるのを見届けるようにして、忠兵衛は表に出ていった。しばらく頭を下げていたが、上目遣いになった麻右衛門は、すぐに番頭の側に近づき、

「——角野様が動いているということは、何か勘づいたのかもしれない……清八にも注意するように言っておいた方がいい」

と耳元で囁《ささや》いた。

秦兵衛は厄介そうに目を細めながら、小さく頷いた。

三

店を出て一町《ちょう》程離れた所で、「旦那。角野の旦那」と京橋の自身番から声がかかった。振り返ると岡っ引の銀蔵がいて、手招きをしている。何事かと近づくと、番小屋の中には、定町廻りの篠原恵之介が座っていた。

「おまえも目を付けてたのか」

篠原は唐突に訊いたが、忠兵衛はキョトンとなって、

「え、何がです」

「惚けなさんな。薬種問屋『越中屋』に探りを入れにいってたではないか」

「……別に何も」

「食わせもんの角野忠兵衛が、何もないのに探索の真似事をするわけがない」

「ただ気付け薬を頼みにいっただけだ。滋養剤代わりにな」

「それも表向き。本当は……清八のことを探っていたじゃないか。路地から格子窓越しに、銀蔵が耳をそばだてていたんだよ」

「——ああ、清八な……薬の卸問屋の手代らしいな」

忠兵衛はさほど関心なさそうに言ったが、篠原は番太郎の巳之助からも話を聞いていたらしく、探りを入れる顔つきで、

「一晩中、張り込ませたってのは、よほどのことじゃないか。しかも、『山城屋』の内儀まで調べてる……その訳を、ちょいと聞かせて貰おうか」

と尋問するかのように言った。

「だから、こいつらが絡んでくると嫌なんだよな……」

口の中で、忠兵衛は呟いた。それが聞こえたわけではないだろうが、不満そうな

のが表情に表れたのか、篠原は覗き込むようにしながら、忠兵衛の肩を馴れ馴れしく抱えて、

「こっちもよ、もう随分前から目を付けてたんだ……だが、ボロを出さない。清八ってのは、真面目そうだが、何を考えてるか分からないし、『越中屋』の麻右衛門も人当たりはいいが、なかなか性悪だぜ」

「そうなのですか……俺はよく薬を……」

「薬をまっとうに扱ってるだけなら、何も俺たちは動かないよ。あいつらは……」

篠原は声を潜めて、

「阿片《あへん》や麝香《じゃこう》など、御禁制の品を扱っている節がある」

と断じた。

「えっ。まさか……」

忠兵衛が驚くと、篠原はさらに疑り深い目になって、

「だから、惚けるなって。そこに目を付けたから、しつこく調べてたんだろ」

「いや、俺は……」

「清八が奉公している『福寿屋』は富山でも指折りの薬の卸問屋だが、知ってのとおり、越前や越中は北前船《きたまえぶね》を通じて、抜け荷が多い。富山の薬種問屋が密かに、遥

か肥前《ひぜん》や薩摩《さつま》まで行って、御禁制のものを売り買いしているのは、幕府だって摑んでる」

「……………」

「まあ、上の方の話はよく知らないがよ、江戸に出廻っている阿片や麝香は、清八が『越中屋』に売り、それを麻右衛門が密かに売り捌いているのは、どうやら確かなんだ」

「だったら、しょっ引いて調べればいいではないですか」

「肝心の証拠がない。白《しら》を切られて、蔵の中の物を隠されたりしたら元も子もない」

「ふむ……」

「そこでだ、角野……麻右衛門と知り合いならば好都合だ。もっと探りを入れてくれぬか。俺たち定町廻りが動くと、色々と気取《けど》られて肝心なことを見逃すかもしれぬ。よいな」

篠原はまるで自分の手下のように命じたが、忠兵衛はすぐに断って、

「私でも同じことですよ。麻右衛門と番頭の秦兵衛は何か勘づいてます。私が店に入っていっただけで様子が変わりましたから」

「ええ。ですから、『越中屋』を探るなら用意周到にした方がよさそうですね」

「なに、そうなのか」

忠兵衛は助言するように言ったが、自分はサッパリ信じられなかった。

たしかに〝腹の虫〟が鳴いたが、まさか抜け荷に関わっている者たちとは思いも寄らなかった。ましてや、清八とおさえに何か関係があるにしても、勝馬が言うように、男と女の仲かもしれないと、忠兵衛は感じていた。

「とにかく、『越中屋』のことは、おまえにも手を貸して貰うぜ。俺の鼻は間違いなく利くんだからよ」

「鼻に腹か……どっちもどっちだな」

「なに？」

「いえ、こっちのことです。どうも妙な塩梅《あんばい》になったなあって」

他人事のように忠兵衛が言ったとき、南町奉行所近くの自身番から巳之助が駆けつけてきた。

「銀蔵親分！……あ、篠原様も角野様もいらっしゃいましたか。まさか、もう耳に入ってるんですかい」

「何の話だ」

篠原が訊き返すと、巳之助がぐしゃぐしゃの紙切れを差し出した。

「投げ文《ぶみ》です。ほんのさっき、自身番に石を包んで……誰がやったかは分かりません。表に出たときにはもう……」

手にとって見た篠原が、目を凝らした。

――今宵暮れ六つ。深川猿江《さるえ》御材木蔵《おざいもくぐら》近く清水橋《しみずばし》。船にて抜け荷の引き渡しがある。

と記されていた。

なかなかの達筆であるが、何を意味しているかは不明だった。もっとも、誰が何の目的でやったのかも分からない。

「ははん……もしかしたら、こっちの動きを探るためにやったのかもしれぬな」

頰を歪ませて篠原は唸った。

「ならば、乗ってやろうじゃねえか、なあ角野……」

「いや、俺は……」

関わりないと首を横に振って、外に出ていった。

小名木川《おなぎがわ》と竪川《たてかわ》を結ぶ堀川に、清水橋はかかっていた。

この辺りは日が落ちると、幽霊が出ると思えるほど薄気味悪くなり、夜風に揺れる柳がまた背筋を震わせた。橋の下辺りに、小名木川の方からゆっくりと川船が近づいてくる。何らかの荷物が載せられているが、筵《むしろ》を被《かぶ》せられているので中身は分からない。

静寂の中で、上げ潮のせいか、ヒタヒタと掘割の壁を打つ音だけが聞こえていた。櫓《ろ》の音も聞こえない。

その船影が見える物陰の闇に潜んでいる人物がふたりいた。篠原と銀蔵である。

「——あれでやすね……」

掠れるような声で、銀蔵が言った。

川船はゆっくりと近づいてくるが、船頭らしき姿は見えない。上げ潮に乗ってきているという感じである。

その船はまるで橋桁に吸い寄せられるように近づいて来ると、船着場の舫杭《もやいぐい》にぶつかって止まった。だが、まったく人の気配がない。橋の上にも桟橋にも、誰も現れない。

篠原と銀蔵は息を潜めて、じっと待っていた。昨日と違って、月には雲がかかっており、川面を包む宵闇が深くなってきた。

「妙だな……」

呟いた篠原に応じるように、銀蔵が踏み出ようとした。だが、篠原はそれを止めて、

「きっと誰かが何処かから見ている。そいつを見つけなきゃ、罠にかかったふりをした意味がない。この辺りを見ているとしたら、何処だ……何処に〝奴ら〟はいるんだ」

と目を凝らした。

周辺には、銀蔵の下っ引が数人、やはり身を潜めて見張っている。妙な輩がいれば、根こそぎとっ捕まえるためだ。だが、誰も現れる様子はなかった。

「こうなりゃ、根比べだ……どっちが先に動くか、受けて立とうじゃないか」

薬種問屋『越中屋』にも、岡っ引や下っ引を張り付けてある。もし不審な動きがあれば、すぐに報せがくることになっている。

我慢比べには自信があった篠原だが、間抜けなことに小便をしたくなった。見張りは銀蔵に任せて、近くの側溝に向かったときである。橋の上に人影が見えた。

その男はただの通りすがりの酔っ払いのようだったが、篠原と同じように催したのであろう。橋の上から、真下にある船に向かって、勢いよく放尿した。わざと荷

船にぶつかけている様子だった。

用を足して立ち去ろうとした酔っ払いは、眼下の船を見ていて、突然、

「うわあッ！　うぎゃあ！」

と叫び声を上げて、転がるように逃げ出した。

その声に驚いた下っ引たちが、物陰や路地から一斉に飛び出してきて、逃げようとした酔っ払いに組みついた。

酔っ払いは懸命に抗いながらも、

「ひ、人が……人が死んでる……し、死んでる……船だ。船の上だ……！」

と大声を張り上げた。

その様子に、篠原と銀蔵も駆けつけるしかなかった。掘割沿いの道から石段を下りて、橋の下にある船着場に向かった。

もっこりと被せられていた筵から、仰向けになった人間の顔と手足がはみ出していた。宵闇に紛れて、篠原らの位置からはまったく見えなかったが、荷物ではなく、筵は人に被せられていたのだ。

しかも、その男の顔は――番太郎の巳之助であった。

「!?……」

投げ文を持ってきた当人である。

「どういうことだ……一体、何が起こったっていうんだッ」

銀蔵は驚きながらも、すぐに死体を検め始めたが、グサリと刃物で心臓を一突きにされていた。あまりに衝撃的な光景に、篠原も声も出せずに佇んでいた。

月にはさらに厚く黒い雲がかかってきた。

四

その夜のうちに、忠兵衛は巳之助の死を知った。ざわついていた気持ちが、一挙に嵐のように荒れた。

まだ、『越中屋』や清八との関わりが分かってはいない。だが、篠原が密かに抜け荷について探索していたとおり、『越中屋』と清八が繋がっていたとしたら、――気紛れに清八を尾けさせた自分のせいだ。

と心を痛めた。

むろん忠兵衛は、清八が抜け荷をしていると知って探らせたわけではない。だが、同じ旅籠に泊まって、あれこれと身の上を訊いてきた巳之助のことを怪しんだに違いない。悪事を働いている者は、お上の動きにも敏感なはずだ。

江戸市中の薬種問屋で仕事をしながら、何処かから巳之助の様子を探っていたのかもしれぬ。そして、自身番の番太郎だと確認し、そこに出入りしていた忠兵衛や勝馬、そして篠原などの動きも察知して、敵は仕掛けてきたのかもしれない。

だとしたら、投げ文をしたのは清八かもしれないし、巳之助の死体を見つけて飛び出した篠原や岡っ引ら大勢の姿を、何処かから見ていて、探索を確信したのであろう。

忠兵衛は、蕎麦屋での清八の視線や、歩きながら周辺に気を配っていた姿を思い出していた。と同時に、悪党とは知らず、ただ〝腹の虫〟が鳴いただけで、巳之助に尾行させたのは軽率だったと改めて悔いた。

巳之助の亡骸は、深川の〝鞘番所〟と呼ばれる大番屋に置かれていた。その冷たくなった動かぬ姿を見て、忠兵衛は「すまぬ、すまぬ」と何度も呟いた。同時に、こんな目に遭わせた奴に怒りが込み上げてきた。

篠原と銀蔵も神妙な顔で見ている中、番所医の八田錦が検分をしていた。

番所医とは、奉行所に出入りして、主に与力や同心の普段の心身の様子を診るのが務めだが、時に検屍を受け持つこともある。錦は〝長崎帰り〟の美しき女医者だが体も大きく、男勝りな胆力もあるので、与力や同心も恐れている。いや、頼りにしていた。

診療所を構えている日本橋茅場町から、町木戸や橋番小屋の門などを抜けて来たときには、すっかり死後硬直が始まっていた。錦は化粧気のない顔で検分したが、心の臓を正面からグサリと刺していること以外には、特段、異変を感じなかった。

「仏になっても、小便をかけられちゃたまらねえな……かけた奴は通りすがりの大工で、事件とは関わりなかった」

銀蔵が憐れむように見ていた。錦は聞いていたのかいないのか、

「正面から一突きということは、よほど油断していたか、ふいを突かれたか、顔見知りだということだわよね。しかも、投げ文を受け取った直後ということは……」

と言いかけると、篠原が拒むように、

「推察はいいよ、先生。下手人探しはこっちの仕事だ。到底、自害とは思えねえが、他におかしな傷などがないなら、殺しと断定して、下手人を挙げるまでだ」

「そうですね。着物の袖や裾、そして爪の間には細かい粒が付着してます。調べてみないと分からないけれど、これは何かの粉薬かと思われます」

「薬……やはり『越中屋』か清八の仕業か」

思わず篠原は反応した。すでに、銀蔵から案内されながら、抜け荷探索などの事情を聞いていた錦は頷いて、

「薬種問屋『越中屋』の主人なら、私も知らないわけではありません。とても、悪いことをしそうな人には見えませんが、もし、こんなことをしたのなら、私、許せません」

「先生の気持ちなんぞ、どうでもいいよ。他におかしな点はないかい」

相変わらず嫌味な言い方しかできない篠原だが、錦は慣れっこになっているのか、気にする様子もなく、

「巳之助さんが乗せられていた船も、きちんと調べ直した方がいいですよ。殺して船まで運ぶのは大変ですが、呼び出して殺すのなら容易《たやす》い。巳之助さんは誰に……」

「清八だろうな。顔見知りだから、油断したのかもしれぬ」

篠原はそう言って、今一度、調べてみると今度は素直に返した。そして、亡骸に付着している粉薬が何か調べてくれと頼んだ。すると、錦はすぐに分かったようで、

「幾つかあるようですが、麝香の匂いもしますね」

と言った。

「麝香……奴らが扱っているものだな」

「ほら、こんな匂いです」

錦が軽く袖を扇ぐと、篠原はなるほどと頷きながら、

「気付かなかったが、何とも甘ったるいとろけるような匂いだ……俺は先生の肌の香りかと思ってたぜ」

といやらしい目つきで見たが、錦は淡々と、

「分かりますか、忠兵衛さん」

「年のせいか、近頃、鼻はすっかり弱くなったが……」

さらに錦がパタパタと巳之助の袖を振ると、忠兵衛の顔が「アッ」となった。その表情を見て、篠原はさらに助平ったらしく、

「はは、おまえも女先生に吸い込まれそうだろ、えっ」

「これは、まさしく女の匂いだ」

「だろ。なんとも悩ましい感じだよなあ」

「そうではなく、あの女の……蕎麦屋で会った……『山城屋』の内儀、おさえ……」

「なんだと。じゃ、巳之助と会ってたのは、その内儀ってことかい」

「いや。そうではない。死体があった船は御禁制の品を運んでいたのかもしれない」

「今、船の持ち主を洗ってるところだが……、妙な塩梅になってきたな」

篠原は忠兵衛の鼻を信じて、『山城屋』の内儀も調べてみることにした。蕎麦屋で清八と〝邂逅《かいこう》〟したかのような様子も、篠原には話していたからだ。

「この麝香は、唐《から》の国に住むジャコウジカの内臓から作る香料でな、つまりは催淫《さいいん》剤《ざい》だな。耳かきひと掬《すく》いで一両はするという代物だ。俺たちには縁がないが、錦先生にも不要ですねえ。えへへ」

「それ以上言うと、大岡様に上申します。まっとうな検屍ができないとね」

凜然と言う錦に、篠原は笑いながら、

「冗談じゃないか、怒るなよ。でも、その怒った顔もたまんねえがな」

と匂いを嗅ぐ仕草で顔を近づけた。その頰を錦は思い切り引っぱたいた。篠原は猛烈に「痛え！」と叫んだが、錦は何事もなかったような顔で、忠兵衛に言った。

「後は忠兵衛さん、よろしくお願いしますね」

「えっ……」

「筆頭同心がこんな調子では、いずれ永尋になるでしょう。そしたら、忠兵衛さん。

頑張って巳之助さんの仇討ちをして下さい」

毅然と見つめてから、錦は颯爽と〝鞘番所〟から出て行った。

翌日――。

忠兵衛は勝馬を連れて、京橋の『山城屋』を訪ねた。そこそこ繁盛している呉服問屋らしく賑わっており、客筋も良さそうだった。

だが、どこの店でもそうだが、八丁堀同心の姿を見れば、あまりいい顔はしない。主人の為右衛門はいかにも真面目そうで、働き者なのか、大店の主人にしては無駄に肥《ふと》っていなかった。

しかも八丁堀同心がふたりも現れたので、何事かと為右衛門はすぐ近づいて、

「これはこれは……私どもに何か……」

と訊いてきたので、勝馬がすぐに答え、忠兵衛が南町同心だと身分と名を名乗った。

「お内儀のおさえさんは、いますか。ちょっと訊きたいことがあってね」

「おさえ……はい、おりますが……ちょっと出ておりまして……」

為右衛門が言いかけたとき、表通りから暖簾を分けて、おさえが娘と入ってきた。

娘はあやとりの紐を両手で広げて持っており、歩きながら、母親とやっていたようだ。

「今度はおっ母さんだよ」

娘に言われて、おさえが取ろうとしたとき、

忠兵衛が微笑みかけながら、

「まだそんなに小さいのに、手が器用なんだね」

と声をかけた。

つい先日のことなので、おさえの方も覚えていたのか、忠兵衛と勝馬を見て吃驚したようで、あやとりを取り損ねた。

「あ、おっ母さん、だめじゃない」

ぐじゃぐじゃになった紐を、娘は取り上げて、「あーあ」と泣きそうな顔になった。おさえは娘に二階に行ってなさいと軽く押しやってから、

「蕎麦屋で……その節はお世話になりました……」

と忠兵衛に頭を下げた。

「散歩しながらあやとりとは、危なくないかい」

「ええ……でも、やりたがってばかりで……私はあまり器用じゃないのですが……

あの子は上手でして……主人に似たのかしら」

救いを求めるように、おさえが見ると、為右衛門は自分も苦手だと笑って、

「おまえに話があるそうだ。店ではなんですから、どうぞ奥へ」

「では、そうさせて貰うとしよう」

忠兵衛と勝馬は招かれるままに、奥の座敷に入った。

廊下も座敷も綺麗に掃除が行き届いており、塵ひとつ落ちていない。お内儀や使用人の心がけが分かろうというものだ。呉服屋ならではの広い座敷で、仕立てる途中の着物なども衣桁に掛けられていた。見るだけで繁盛しているのが分かる。

「窮屈な所ですが、どうぞ……手代に茶を持たせますので」

主人自らが案内してきたが、忠兵衛は気遣い無用だと言った。だが、おさえの方は不安げな顔をしており、少しびくついているようにも感じた。

「大丈夫だよ。俺たちは凶悪な奴らを捕らえる定町廻りではなくて、永尋書留役って、昔の事件を扱う者だ」

忠兵衛が挨拶代わりにそう言うと、おさえはなぜか「ひっ」と息を吸った。明らかに驚いた様子だが、まるで自分に言い聞かせるように首を左右に振った。

「――どうしたんだい」

「いえ……蕎麦屋で私が何か粗相でもしたのかと……」

「そうじゃない。訊きたいのは、清八って男のことなんだがな」

「清八？」

「知らないのかい」

「ええ、そういう名の方は存じ上げませんが……」

おさえは惚けている様子ではなかった。忠兵衛は責める態度ではなく、優しい口調で、

「蕎麦屋に来たとき、席に座ろうとして、目の前の男を見て驚いたね」

「そうでしたっけ……」

今度はわざと知らん顔をしていると、忠兵衛は感じた。勝馬も何かを察したように、おさえの横顔をじっと見つめていた。

「相手の男も驚いた様子だったんだがな」

忠兵衛は続けた。だが、おさえは明らかに迷惑そうな顔で、

「それが何でしょうか……」

「――その男の名が、清八ってんだ」

「……」

「本当に知らないのかい」

「知りません」

キッパリと言って、おさえは唇を一文字に結んだ。

「詳しくは言えないが、その男は今、ある殺しの疑いで、定町廻りが追っている」

「殺し……！」

おさえはまた「ひっ」と息を吸い込んで、喘息《ぜんそく》のように苦しんで、喉を押さえた。思わず勝馬は、大丈夫かと声をかけたが、おさえは引きつけまで起こしそうになった。心配そうに勝馬が背中をさすろうとしたとき、ふっと麝香の匂いが漂った。

「この匂いは、麝香だな。御法度《ごはっと》の……」

「……し、知りません」

おさえは必死に首を横に振った。

「清八って男が、御禁制の薬や阿片、麝香などを扱ってる節があってね。もしかしたら、おまえさんが蕎麦屋で会ったのはたまさかだとしても、何か関わりがあるのではないかってな……俺には見えたんだよ」

「知りません……私は何もッ……」

しゃくり上げながら、おさえは悲痛な声を洩らした。

おさえは体があまり丈夫ではなさそうなので、忠兵衛はこれ以上、問いかけるのをやめた。

「知らなければいいんだ……お内儀さん、大丈夫かい……邪魔したな」

忠兵衛が立ち上がろうとしたとき、廊下で様子を窺っていたのであろう、為右衛門が転がるように踏み込んできて、

「旦那方……その麝香は、私が買って、おさえに与えたものです。その匂いが落ち着くというので……それが御禁制のものとか、麝香とは知りませんでしたが、すべて私が悪いのでございます」

「……………」

「本当です。女房は生まれつき体が弱く、心の臓や肺があまり良くありません。色々な薬を試してみましたが、これならば落ち着くというので、煎じて飲んだりしているのです……」

たしかに、独特の芳香はあるものの、今でいえば中枢神経系を刺激して、強心作用や抗炎症作用、鎮静作用があり、解毒薬としても使われた優れた漢方薬のひとつである。麝香丸などもあるが、当時は御禁制扱いだった。

「いや。清八を知らないならいいんだ」

忠兵衛は、興奮気味の為右衛門を宥《なだ》めるように言った。

「お内儀を責めるつもりはないし、御禁制の品を買ったからってあんたを咎めるつもりもない。だが、人がひとり殺されてるんだ。麝香を手に入れた経緯などは、また訊きにくるが、今日のところは帰るとする」

忠兵衛はさりげなく威圧してから、店を出た。ついて来た勝馬も、大通りを歩きながら『山城屋』の軒看板を振り返り、

「明らかに何か知ってましたよね……私はもう一度、あのお内儀の周辺を探ってみますよ……忠兵衛さんの勘は凄いな」

「いやいや……なんだか、明後日《あさって》の方に進んでいる気がする」

「え、そうなんですか。でも、明らかに、おさえは何かを隠してたじゃないですか。きっと、あの夫婦には何かありますよ」

「ふむ……」

気のない返事をする忠兵衛だが、勝馬はやる気満々で、もう一度、軒看板を見上げて、目を輝かせた。

五

その夜、体の調子を崩して寝込んでいるおさえの側で、為右衛門は女房よりも辛そうな顔で看病していた。

「すまないねえ、おさえ……麝香なんかを、おまえに身につけさせたばかりに、余計なことに巻き込んでしまった」

「いいえ。旦那様のせいじゃありません。私が好きで……」

おさえは布団の中で、消え入るような声で答えた。

「この香料は、大奥や大名など高貴な御方の間で使われるものだ。うちのお客様の中にも、この香りが好きなご新造様も多いのでね。お渡しする着物にそっと匂いを付けていることもね……でも、商家の内儀が持っていれば妬まれ、あらぬ誤解もされる」

「申し訳ありません……」

「だから、おまえのせいじゃないよ。謝ることはない」

為右衛門は優しく言ってから、布団の中のおさえの手をそっと握った。

「――もしかしたら……あの男の仲間なのかい？」

「え……」

「角野とかいう同心が話していた清八……というのは、その昔、おまえとちょいと関わりがあった利平という奴の……」

「違います」

小さな声だが、キッパリとおさえは言った。そして、その男の話題には触れたくなさそうに、手を放して横を向いた。それでも為右衛門は気になったようで、

「おまえと一緒になる前のことだが、利平はこの店にもケチをつけて強請りにきていた。こっちには疚しいことはないから突っぱねたけれどね……まさか、おまえと関わりがある男とは知らなかった」

「ごめんなさい……」

「いや、そうじゃない。誰に殺されたのかは知らないが、あんな男は死んだ方が良かったんだ。おまえをいたぶるような酷い男だったのだからね」

「……」

「利平は性悪男だったから、もしかしたら清八というのは奴の昔の仲間で、おまえに近づいてきたのではないかと、私は心配しただけですよ」

「本当に、知らない人です……角野様の話している意味が分かりませんでした」

「なら、いいんだ。すまないね。それこそ、つまらないことを、思い出させてしまった……さあ、ゆっくりお休み」

伊右衛門は愛おしそうに布団を掛け直してやった。そのとき、

「おしっこ……」

と娘が廊下から入ってきた。

その手にはなぜか、絡まったまんまの、あやとりの紐があった。

「おっ母さん……大丈夫なの？……頭、痛いの……？」

「大丈夫だよ。さあさ、お父っつぁんが一緒に行ってやろう。おいで」

為右衛門は優しく娘の手を引いて、厠へと連れていくのだった。

ひとりになったおさえは、ぼんやりと天井を見上げていた。張り替えたばかりの綺麗な天井板だが、おさえには今にも落ちてきそうな気がして、思わず目を閉じた。

——ふいに昔の出来事が蘇った。

常陸龍《りゅう》ヶ《が》崎《さき》の小さな村から、おさえが江戸の大店に奉公に出てきたのは、十七の春だった。何処にでもある寒村で、出稼ぎというより身売り同然だった。

おさえは神田の太物《ふともの》問屋に入ったが、しばらくして店が潰れてしまった。おさえ

は出入りの業者に勧められて浅草の茶店で働くことになったが、そこに客としてよく立ち寄っていたのが、利平だった。

なかなかの色男で、茶屋娘の方からシナを作って言い寄るほどのもてっぷりだった。田舎《いなか》育ちのおさえは縁がないと思っていたが、なぜか利平の方から近づいてきた。

おさえは利平と付き合うようになり、浅草寺《せんそうじ》裏の長屋に転がり込んだが、タチの悪い男だと知るのに、さほど時はかからなかった。

「どうせ何をしても使いものにならないんだから、吉原にでも行くか。器量は悪くねえ。磨けばそこそこ稼げる玉だぜ」

利平は自分の女でも遊女にしても平気だという輩だった。もっとも、利平はおさえのことを自分の女などとは思ってもいなかった。ただ、身のまわりの世話をさせたり便利使いしていただけだった。手当たりしだいに女をたらし込み、そこから有力な強請りのネタを仕入れては、脅して金にしていたならず者だった。

おさえが口答えでもしようものなら、死ぬかと思うくらいに殴る蹴るを繰り返し、痣《あざ》だらけで人前に出られないこともあった。それでも、逃げることができないほど、おさえは利平に対して恐怖を感じていた。

その夜も——おさえは、道端で利平に殴られていた。

何処からか駆けつけてきたのが、清八だった。だから、おさえには忘れられるはずもない顔だった。

「やめろ。てめえ、女になんてことしてやがんだ」

清八はただの通りすがりだった。体を張って利平の暴力を止めようとしたが、カッとなった上に腕っ節の強い利平には敵《かな》うわけがなかった。清八はぶん殴られ、近くの掘割に投げ飛ばされた。

「だらしねえ奴だ。関係ない奴はすっ込んでろ！」

腹立ち紛れに利平は、おさえも掘割に突き落として去っていった。

懸命に抱き合うようにして這い上がったふたりは、宵闇の中に去っていく利平の後ろ姿を恨みがましい目で見ていた。

「——いつも、こうなのか……」

清八が訊くと、おさえは震えながら頷いた。

「そうか……だったら、俺が殺してやる」

「えっ……」

「あんな奴にかまっていたら、おまえの人生が台無しになる」

「……」

「その代わりと言っちゃなんだが……」

少し言い淀んでから、清八はおさえの瞳をじっと見つめて、

「俺の女を殺してくれねえか」

「!……」

「お仙という女でな……ちょいと深い仲になったのだが、とんでもねえ女なんだ。出合茶屋の女なんだが、人の弱味に付け込んで、金品を巻き上げたり、女房のいる男をたらしこんでは脅して金を強請ってる」

利平と同じだと、おさえは思った。

「知ってる奴らからは、毒婦と呼ばれてる。きっと人殺しもやってるに違いねえ。俺は弱味なんざ何もねえが、お仙の奴は俺にぞっこんみてえで……それが却《かえ》って、怖いんだよ」

「……」

「手を切りたくても切れないんだ……だが、俺がもし手を出したら、きっとお上に疑われる。だから、おまえなら……」

疑われないと、清八はハッキリと言った。

「さっきの男も俺が殺れば、おまえは疑われずに済む……ああ、もちろん奴《やつ》を殺す時には、必ず誰かと一緒にいるんだぜ」

「でも、私は……」

「あんな奴に関わっていたら、一生抜け出せねえぞ」

半ば強引に言って、その二日後、おさえが茶店で接客中に、遠く離れた深川の方で、利平は殺された。誰が殺したのかは、まったく不明だったが、殺された直後、通りがかりの荷船の船頭が見つけたのだ。

利平を恨んでいる者は何人もいたから、すぐに下手人は見つかると思ったが、意外と手間取った。もちろん、一緒に住んでいたおさえも、町方に調べられたが、疑われることはなかった。

下手人が不明のまま、数日が過ぎた頃、茶店に、清八が客として現れた。おさえはドギマギしたが、清八はあくまでも初対面の顔つきで対応していた。てっきり、「お仙を殺せ」と命じるのかと思ったが、清八は茶を飲んでから、金を払うとき、誰にも聞こえないように、

「女のことはもういい。幸せにな。もう二度と会うこともねえ」

とだけ言って立ち去った。

清八とは、助けてくれた夜とこの時しか会っていないが、優しそうな顔だけは、目に焼きついている。

その直後、お仙という女の刺殺死体が見つかったが、誰が殺したかは分からない。清八は何も言わなかったが、恐らく自分で始末したのだろうと、おさえは思った。だが、胸の中に秘めておき、利平のことも墓場まで持っていくしかない。そう覚悟した。

為右衛門と縁ができたのは、その一年後くらいのことだが、

——殺された利平と付き合いがあった。

と噂されたので、おさえは〝正直に〟話したのである。もちろん、清八が殺したということだけは伏せて。

それでも、為右衛門はおさえのどこに惚れたのか、女房にしたいと言い出した。身の釣り合いが取れないとおさえは断った。心の底では、〝人殺し同然〟だと思っていたからだ。自分が手にかけなかっただけで、相手がどんな人間であれ、死なせたことに変わりない。夫になる者に、嘘をつき通すことは辛い。幸せになってはいけないと感じていた。

だが、為右衛門の強引さの中に優しい人柄を感じて、おさえはしだいに惹かれて

いった。これまでの不幸を忘れたいという思いもあった。やがて、娘をもうけて、歳月が経つほどに、利平とのことは悪夢だったかのように薄れていったのである。それが偶然にも会ってしまった。清八という名前だとも知らなかった。相手も、おさえのことを忘れていると思っていた。だが、すぐにお互いに分かった。

──御禁制の物を売り捌いている人だ……もしかしたら昔のことを……でも、そんなことをバラしたら、自分が人殺しだということも分かってしまう……。

頭の中で同じことを繰り返し、おさえは一睡もできなかった。

夜風が雨戸を激しく揺らしていた。

六

薬種問屋『越中屋』は表戸を閉め切って、しばらく休むと張り紙があった。理由は薬の仕入れのためとある。

その張り紙をコツンと叩いてから、篠原が潜り戸を激しく叩くと、覗き窓が開いて、秦兵衛が顔を出した。厄介な者が来たという目つきになったが、仕方なさそうに、

「何でございましょうか」

と扉を開けた。

途端に、店内に踏み込むと、後ろから銀蔵も一緒に押し入ってきた。

ガランとしていて、手代たちは二階の部屋に籠もっているようだった。篠原は薬棚や帳場、厨《くりや》への土間や奥に続く廊下などを見廻しながら、秦兵衛に言った。

「隠すとためにならないぞ。いるんだろ」

上がり框《がまち》の下にある履き物を、篠原は指しながら迫った。

「誰が……でございましょう」

「清八だよ。いいから出せ。でねえと、この店が御禁制の品を扱っていると、世間に広まることになるぜ。下手すりゃ、闕所《けっしょ》だ」

「篠原の旦那……」

秦兵衛は困ったように揉み手で、

「そんなふうなことは言わないで下さいまし。私たちはまっとうな商人です。何を証拠にそのような……」

「舐めるなよ、番頭……」

朱房の十手を突き出して、

「こっちは自身番の番人がひとり殺されてる。町奉行所を挙げて探索してるんだ。秦兵衛……おまえも叩けば、それなりに埃が出そうだな。まっとうな商人が聞いて呆れるぜ」

「私は、そんな……」

「数年前、お仙って女が殺されたが……あれは、おまえと懇《ねんご》ろだったというではないか。言い訳をしても無駄だ。この銀蔵がちゃんと調べてきたんだよ。おまえが上野や浅草辺りで、くだを巻いてた頃の話だ」

「知りませんよ……」

ふて腐れたような顔になって、秦兵衛は溜息をついた。

「お仙って女は、相当な悪女だったらしいが、ここに薬を卸してる清八とも、深い仲だったそうだ。この女は、色々な男を相当、たらし込んでいたようだな」

「ですから、知りませんよ……」

「殺したのは、おまえかい」

いきなり核心に触れて、篠原はさらに十手を突きつけた。

「旦那……出鱈目《でたらめ》はいい加減にして下さい。御禁制の品だの人殺しだの……いいですか。阿片や麝香を扱っているというなら、蔵でもなんでも検めて下さい。ましてや人殺し扱いするなら、証拠が欲しいですね」

秦兵衛の頬は醜く歪んで、かつてはならず者だったという風貌に変わった。この手合いの者を、篠原は掃いて捨てるほど見てきている。明らかに何かやらかした顔だ。

「お仙って女は心の臓を一突き、巳之助も一突き……ついでに言えば、お仙と同じ頃に深川で殺されている利平って遊び人も一突き……」

「……」

「永尋書留役が残しているもので調べたら、いずれの傷口も一致したんだ。俺も、その当時、お仙についちゃ調べたがな、今更ながら思い出したが、たしかにふたつの事件の殺り方や傷口が似てると話していた記憶がある」

篠原は秦兵衛を十手で押しやるようにして、上がり框に座らせた。

「そんでもって、今度も同じだ」

「……」

「おまえは、若い頃、匕首捌きが上手かったそうじゃないか。ゴロツキ仲間は、浅草界隈にはまだ幾らでもいるからな……阿片なんぞも、どうせ、そいつらに捌かせてんだろ」

カマを掛けるように篠原は言ったが、秦兵衛は知らぬ存ぜぬを貫いて、いい加減にして欲しいと訴えた。

「巳之助を殺したのが、余計だったな。着物から麝香の匂いがしたが、川船に残されてた粉の中には阿片もあったぜ」

「それが何の証拠に……」

「川船を使ったのも間違いだな。その船は随分、前に盗まれたもので、御禁制の品を運ぶのに使ってたんだろう。見つかっても、うちは関わりないとすっ惚けるためにな」

「…………」

「俺たち町方同心が探索しているかどうかを確かめたのも、余計な一手だったな」

篠原は畳みかけて続けた。

「清八は吐いたぜ」

「はあ？　今、旦那は清八を出せと言ったばかりじゃありやせんか」

「巳之助にすべて喋ってたんだよ。旅籠でな。酔った勢いもあるんだろうが、自慢話みたいによ。ついポロッとな……」

「出鱈目を言うな、奴は……」

「奴は、なんでえ」

鋭い目つきになって、篠原が訊きかえすと、秦兵衛は歯嚙みして、

「何でもねえっつってんだろうがよ」

「仮にも富山の卸問屋の清八のことを、奴って言う間柄かい。そうだろうよ」

篠原はさらに顔を秦兵衛に近づけて、

「おまえにとっちゃ、清八は子分みたいなものだった。昔っから、阿片だの何だのを扱っていたんだろうが、そのことで、利平とお仙に脅されてた」

「…………」

「このふたりが、裏で繋がってたことは、その頃から分かってたが、誰が殺したかは謎のままだった……まさか秦兵衛……『越中屋』の番頭と関わりがあったとはな」

みるみるうちに秦兵衛の顔が醜く歪んできた。

「利平もお仙も、大店や偉え人の弱味に付け込んで強請りを働いていた。利平たちに、おまえの素性がバレて、こんな大店の番頭に収まっていて、しかも御禁制の品を扱ってたとなりゃ……始末したくもならあな」

「いい加減なことを……！」

怒りが爆発して思わず、秦兵衛は十手を払いのけた。その先がかなり激しく篠原の顔面に当たった。額に俄に青痣が広がった。

「――見たか、銀蔵。こいつは、同心の俺に乱暴狼藉を働いた」

篠原が十手の先で自分の額を指すと、

「へえ」

と銀蔵は直ちに縄を手にして、秦兵衛に近づくなり、縛り上げようとした。

「わざとやりやがったな。町方がこんなことをしていいのか」

「言い訳なら、番屋で聞こうじゃねえか。神妙にした方が身のためだぜ。いや、人殺しに情けは無用だな」

篠原が命じると、銀蔵は素早く縄をかけた。秦兵衛は抗うことはなかったが、奥から飛び出て来たのは清八だった。

「待って下さい、旦那。秦兵衛さんは、本当に此度のことには関わりありません」

床に座って、清八は両手を差し出した。

「お縄になるのは、俺の方です。清八でございます」

「やっぱり、いたんじゃねえか。おまえも来てもらうぜ。主人の麻右衛門を呼べ」

当然のように篠原は言ったが、麻右衛門が出てくることはなかった。どうやら、逃げたようなのだが、ふたりとももはや貝が閉じたように何も言わなかった。

直ちに、秦兵衛と清八は、南茅場町の大番屋に連れてこられた。吟味方与力の藤《とう》堂《どう》の立ち会いのもと、篠原の調べは続いた。

お白洲代わりの土間に座らされた秦兵衛はふて腐れた態度のままだったが、清八は神妙な顔つきで俯いていた。

篠原は秦兵衛の前に、匕首を置いた。血の色は薄れているが、人を刺した後に残る脂で刃の部分はくすんでいた。それを見た秦兵衛は一瞬、凍りついたような表情になったが、すぐに目を逸らした。

「天網恢々《かいかい》疎にして漏らさず……ってな、巳之助が乗せられてた船の櫓の隙間に引っかかってたんだ」

「う、嘘だ……」

思わず秦兵衛が答えるのに、篠原は額の腫れをさすりながら訊いた。

「どうして、そう言い切れるんだ。これは、おまえの匕首じゃねえのか」

「知らない。そうやって、また陥れようとしてるんだろう。旦那の噂は聞いたことがある。ありもしない証拠をでっち上げて、無実の者を下手人にしてしまうってね」

悪態をつく秦兵衛に、藤堂が「吟味である。神妙にしろ」と命じた。大番屋での取り調べは、自身番での〝事情聴取〟とは違い、奉行が裁決するお白洲の予審扱いである。よって、あらゆる言動が、お白洲に引き継がれるから、慎重にしろと言い含めた。

「俺は、何もしてませんよ」

秦兵衛は改めて断言した。が、篠原はこの匕首と巳之助の致命傷が一致したこと、川船は盗まれたものであること、秦兵衛らしき男が巳之助を呼び出したこと、船が満ち潮で運ばれた清水橋近くには『越中屋』の寮があること、などから、秦兵衛を疑ったのだ。

「おまえは、その寮から、俺たちの様子を窺ってたんだろ。二階の窓からは丸見えだからな。その寮からは、抜け荷や御禁制の薬なんぞも見つかった」

「………」

「バカだな。余計なことしたから、足を掬われたな。元々、頭が悪いから犯した失態としか、言いようがねえな」

篠原はからかうように言ったが、確たる証拠がない上は、黙《だんま》りを決め込んだようだった。しかし、横で聞いていた清八がたまらず、身を乗り出して言った。

「私がやったことです。先程も言いましたが、私がこの手で」

「あくまでも庇《かば》うのかい」

「本当です。どうか聞いて下さいまし」

切実な顔で訴える清八を見ていて、篠原は腑に落ちないものがあったが、

「言ってみな」

「はい……旅籠で巳之助から、あれこれ訊かれたので、お上が動いているなと感じました……だから、巳之助の素性を確かめてから、もう一度、こっそりと『越中屋』を訪ねて、主人の麻右衛門さんと秦兵衛さんに気をつけるようにと伝えました」

「おい――――！」

思わず秦兵衛の方が声を上げた。篠原は清八の言葉尻を捕らえて、

「気をつけろと伝えた……つまり、御禁制のものを扱っていたのは認めるのだな」

「はい。阿片も麝香も、使いようによっては、重い病を治したり、痛みを止めたりする薬になります。お上の許しは得てませんが、苦しんでいる病人を少しでも楽にしてやりたいという一心です」

「ほう……」

「決して、阿片を密売して不当に儲けたり、人々を廃人にするためではありません」

「薬だと言い張るのだな」

「事実なのです。こんなことを言ってはなんですが、阿片や麝香が何もかも駄目だというのではなく、適切な使い方や量によっては人助けになります。そこを勘案して、たとえば医者とか薬種問屋に使う制限などをして、許したらいいと考えております」

「おまえの考えなんぞ、どうでもいいよ」

篠原は険しい声になって、

「人助けをしたい奴が、都合の悪い奴は殺してしまう。そんな輩に人の命をどうこうできるわけがねえだろうが」

「……」

「巳之助は、おまえが殺したんだな」

「──はい。私です」

素直に清八が認めると、秦兵衛はほっと胸を撫で下ろした。その秦兵衛を睨みつけてから、篠原は続けて訊いた。

「では、六年前の利平殺しとお仙殺しについてはどうだ……店で聞いていたであろう」

「あ、はい……」

清八は俯いて、しばらく考えていたが、

「私がやりました……ふたりとも、『越中屋』を脅しにきていましたから、殺すしかないと思いました……しかも、お仙は私と利平の二股をかけておりました。ふたりとも憎くてしょうがありませんでした」

と淡々とだが、しっかり吐露した。そして安堵《あんど》したかのように、深い溜息をついた。篠原が、間違いないかと念を押すと、清八はむしろ清々した顔になって、

「はい。すべて、私の罪でございます。ご迷惑をおかけしました」

そう言って深々と頭を下げた。

七

高輪の大木戸を抜けて、品川宿に向かおうとした旅姿の麻右衛門は、

「何処へ行くんだい、越中屋さん」

と声をかけられた。

振り返ると、八丁堀同心姿の勝馬が立っていた。

一瞬、目を凝らした麻右衛門だが、無視をしてそのまま大木戸を通ろうとして、番人に止められた。

「あの……私は日本橋の薬種問屋で、薬を仕入れるために……」

言い訳をしようとする麻右衛門の肩を勝馬がガッと摑んで、

「呉服問屋の『山城屋』が、『越中屋』から麝香を買ったと話したのでな、おまえからも話を聞きたい」

と言った。

「いつから私を……」

尾けていたのかと不思議そうにしていたが、勝馬は苦笑して、

「角野さんの〝腹の虫〟が鳴いて、清八がおまえの店を訪ねたときから、おまえの店の周りは岡っ引と下っ引だらけだったんだよ」

「………」

「何処まで行くのかと思ったが、大木戸を抜けられると手続きが厄介なのでな、一

緒に来て貰おうか」

「いえ、私は何も……」

「今頃は、秦兵衛も清八も、大番屋に行ってると思うから、仲良く話を聞きたい」

勝馬が促すと、麻右衛門は相手が若造と思ってなめたのか、背中を向け、大木戸の番人を突き飛ばして逃げようとした。だが、別の番人がすぐに駆けつけてきて、地面に組み伏せて取り押さえた。

「そういうのをな、無駄な足掻《あが》きってんだよ。さあ、観念するんだな」

麻右衛門はそのまま南町奉行所まで連行され、一日、牢部屋に留め置かれたあと、翌日には、お白洲に座らされることとなった。

前日、清八がすべてを自白していたので、大岡越前の吟味はすんなりと進んだ。

麻右衛門は御禁制の品を扱っていたことを認め、阿片の弊害を知りながら、それを欲しがる者たちに、秦兵衛の昔馴染みのならず者たちを通して、高額で売り捌いていた。

薬種問屋が阿片を扱えば、極刑は免れない。正徳《しょうとく》元年の定《さだめ》には、

——毒薬並びに似せ薬種売買之事、禁制す。若《もし》、違反之ものあらば其の罪重かるべし……。

とあるように、一般の者でも重いのに、薬を扱う者は以ての外《ほか》である。

店は闕所、麻右衛門と秦兵衛は、重々不屆至極につき、引き廻しの上、獄門に処せられた。巳之助を死に至らしめたことも加重されたからだ。〝実行犯〟が清八であっても、巳之助殺しを命じ、お膳立てしたのは麻右衛門と秦兵衛だったからである。

清八も昔の殺しがあるため、引き廻しのうえ磔《はりつけ》にされた。それより重い火罪は、強盗の上に付け火をした者に科せられ、鋸挽《のこぎりびき》は封建秩序を乱した者への刑罰だが、残酷なのでめったに行われなかった。

処刑は即日、執りおこなわれることが多い。よほどのことがない限り、今のように〝再審請求〟などはない。

この大事件が、読売で広く巷《ちまた》に知れ渡った日のことである。

おさえが、為右衛門に伴われて、南町奉行所にやってきた。永尋の忠兵衛を訪ねてきたのである。ふたりとも暗澹たる面持ちで、今にも倒れそうな足取りだった。

忠兵衛は玄関に近い年番方の一室を借りて、ふたりの話を聞くことにした。

「――申し訳ありません……清八という方が極刑になったと知り、きちんと伝えておかなければならないことがあり、こうして訪ねて参りました……」

先日、会ったときのように、おさえは少し胸が苦しそうだが、懸命に言った。その横で為右衛門はそっと支えている。

「私は……あの、私は……」

話そうとすると緊張の余り、喉が詰まって息苦しそうになる。おさえの代わりに、為右衛門が話してよいかと訊くと、忠兵衛はもちろん構わないと許してから、

「やはり、清八のことは知っていたのだな」

と訊いた。

「はい。実は……」

為右衛門は、おさえから告白されたことを、正直に伝えた。

――利平とは夫婦同然に暮らしていたときがあり、大きな怪我をするほどの暴行を受けていたこと。

――逃げ出そうにも恐怖で縛られており、到底、無理だったこと。

――清八に助けられて、利平を殺す代わりに、お仙を殺すよう持ちかけられたこと。

――利平は殺されたが、お仙を殺さずに済んだこと。

などを順序立てて話した上で、為右衛門は深々と頭を下げた。

「その後、清八が茶店に一度だけ訪ねて来たそうですが、それきりです……お仙が死んだと知ったのは、後日のことでした」

忠兵衛はそんなことがあったのかと、正直、吃驚して聞いていた。

「おさえが私にすべてを話してくれたとき、もう、それでいいと思いました。利平と関わりがあったことは、祝言を挙げる前に承知していたことですし、私自身、あんな奴は万死に値すると思っていたからです」

「……………」

「でも、女房は……おさえは、殺してくれと頼んだわけではないが、やめてくれとも言わなかった。いわば暗黙の了解をしたのだと、苦しんでいたそうです」

「ふむ……」

「ですが、本当に誰かに殺されたと知ったときには、恐ろしくて仕方がなかった。そのお返しとして、自分も誰かを殺さなければならないのかと思うと、耐えられなかったそうです……でも、それはやらずに済みました」

「……………」

「清八が茶店に立ち寄って、『女のことはもういい。幸せにな。もう二度と会うこともねえ』と言ったのです」

為右衛門がそう言うと、おさえは胸に手をあてがいながら、

「でも、また私の前に現れた……そう思いました」

「だが、おまえは知らぬ顔をしていた。相手の清八もな」

忠兵衛は蕎麦屋での様子を思い浮かべていた。おさえは俯いたまま、

「けれど、その後、いつ店に訪ねてくるんだろう。昔のことを言われるのだろう。あの夜のことを話されるのだろうって思いました……この何年か、忘れていた気持ちでした」

「忘れていた……」

「いえ。忘れようとしたのかもしれません……あれは夢だったに違いない……でも、利平が殺されたのは事実……殺したかもしれないあの男が、ふいに現れるんじゃないか……まるで、あやとりのように心の中で、色々な思いが絡んでしまって……」

「解けないで、苦しんだのだな」

「はい……でも、娘が生まれて、子育てに追われるうちに、嫌な思いは心の片隅に小さくなっていきました……主人の優しさもあったと思います」

おさえは何か続けて言おうとして、また息が詰まりそうになった。その背中をそっと支えながら、為右衛門が慰めるように、

「いいんだ、おさえ。もう充分、苦しんだ。利平には私も、嫌な思いをさせられた……もし、あれ以上、言いがかりをつけてきたら、カッとなって、こっちが何かしたかもしれない……人を呪わば穴ふたつと言いますが……あの男が死んだと聞いたときには、正直、ほっとしました」

「……………」

「そんなことを思うだけでも、罪ですかね……角野様」

「いや……」

忠兵衛は穏やかな目で、おさえと為右衛門夫婦に向かって、

「もう、あやとりはお終《しま》いにしませんか」

「え……」

「娘さんとなら、幾らでも付き合ってあげて下さい。でも、ご主人の言うとおり、おさえさん、あなたは心の中で絡まったままの紐を、今も引き千切《ちぎ》りもしないでいる。それはもう、断ち切って下さい」

羽織の紐を忠兵衛は思い切り引っ張って、プツンと切った。

「清八は、それこそ秦兵衛に操られるままに、利平とお仙を手に掛けたそうです。もっと若い頃に、秦兵衛には世話になったそうで、それこそ心を支配されてたんだ

な」

「……」

「秦兵衛に命じられて、清八は利平を狙っていた。その途中、おさえさん、あなたが酷い目に遭っているところを見かけて、思わず助けたんでしょう。清八は心根は優しい奴だと、私は、お白洲を見ていて思いましたよ」

おさえは頷きこそしないものの、そうかもしれないと思った。

「清八は、お白洲では、おさえさんの名前など、まったく出さなかった……もちろん殺しを持ちかけたことも話さなかった……ただ利平もお仙も、自分たちにとって不都合だったから、殺した……そう自白しただけだ」

「……」

「あの蕎麦屋で会った時、清八はおさえさんに気付いてた。でも、話しかけもせず、その後、もしかしたら『山城屋』のお内儀になっていることも知ったかもしれないが、一言も口にしなかった……」

忠兵衛はまるで、清八の最後の言葉を代弁するかのように、

「おさえさんには関わりない……代わりにお仙を殺して欲しいと持ちかけたとしても、それは奴の気の迷いに過ぎぬ……『女のことはもういい。幸せにな。もう二度

と会うこともねえ』……それに尽きると思うがな」

　と言った。

　そして、瞑目《めいもく》するような顔になって、忠兵衛は囁いた。

「清八はその後も、麻右衛門や秦兵衛の言いなりになっていた……自分がやらかしたことを深く深く、悔やんで刑場に向かったよ」

「――そうでしたか……」

「あの夜、おさえさんに会おうが会うまいが、清八は……だから、もう……」

　忠兵衛が微笑みかけると、為右衛門とおさえは抱き合って嗚咽《おえつ》した。長年の痞《つか》えが取れたように、静かに穏やかに時が止まった。

　その夜――。

　忠兵衛はひとりで夜釣りに出かけた。不思議なことに何度も糸が絡まって、解くのに苦労していた。そんな様子を、勝馬は遠目に見ていたが、何となく近づきがたいので、通り過ぎて宵闇に消えた。

第三話　通りゃんせ

一

夜陰にまぎれて、定町廻り筆頭同心の篠原恵之介が配下の同心を連れて、深川の材木問屋『淡路屋《あわじや》』を張り込んでいる。

他にも捕方が道具を揃えて潜んでおり、銀蔵を始め岡っ引など数十人が息を潜めて取り囲んでいた。

ほんの一刻《とき》程前のこと——。

三人組の男が日本橋の両替商『紀ノ国屋《きのくにや》』に押し込み、店の者に怪我をさせて金を奪った。そして、深川まで逃げて来て、さらに押し込んだのが『淡路屋』だった。

大横川《おおよこがわ》が近くにあり、大きな材木問屋が並び、貯木場の海も近い一帯だが、場所柄、御三家を始め、幕閣を担うような大名や大身の旗本の別邸も沢山あった。よって、自身番や辻番からも応援が来ており、辺りは騒然となっていた。

賊は、〝夜烏《よがらす》党〟と名乗っており、近頃、江戸の商家の蔵を狙って暗躍していた。夜廻りを強化していた最中での押し込みに、奉行所は顔を潰された形になる。だが、奉行所の面子《メンツ》などどうでもいい。現実に目の前の『淡路屋』に、同心たちに追い詰められた賊が逃げ込み、関わりのない大店の人々を巻き込む事態になっているのだ。この方が、お上として不名誉なことだった。

表戸や板戸はすべて閉められており、店の中の様子はハッキリとは分からない。路地から、かろうじて見える格子窓の中では、頬被りをした賊に、番頭が刃物を突きつけられており、店の者たちは恐怖に打ち震えているようだった。

近所の店の者たちの話では、主人夫婦や子供、番頭に手代、女中ら十数人がいるとのことである。下手に刺激をすれば、何をするか分からない。これまで、複数の人間を殺し、大怪我を負わせている。店の者たちの安否を気遣いながら、篠原は懸命に〝籠城〟した賊を説得しようとしていた。

その場には、北内勝馬もいた。ただでさえ三廻り同心の数は少ないから、駆り出されていた。〝夜烏党〟の押し込みで、永尋になったままの事件もあるからである。

篠原の説得はまったく功を奏さず、むしろ店の中からは、逆らう怒声が聞こえるだけで、夜が更けてからは、中の様子がまったく分からなくなった。

そんな矢先——手代のひとりが、籠城している賊に命じられたのか、辺りの様子を窺いながら、勝手口から密かに出てきた。

それを目撃した勝馬がさりげなく近づいて、

「何があった。店の中はどうなのだ」

と訊くと、手代は怯えたように震える声で、

「私に話しかけないで下さい。でないと、主人や店の者が殺されてしまいます」

「どういうことだ」

「賊の仲間は近くに、他にもいるそうです。私は伝言を頼まれただけなのです……刻限内に戻らないと、主人が殺されます……」

「どんな伝言を、何処へ届けにいくというのだ」

「勘弁して下さい。お願いです」

手代は急ぎ足で離れていった。勝馬が辺りを見廻すと、『淡路屋』の二階の雨戸が少し開いていて、誰かが覗いている。

——やはり見張られているのか……。

勝馬は誰にも気付かれないように、そっと持ち場を離れて、手代の後を尾けた。

大横川沿いの道には灯籠が続いているため、足下は明るい。もう船番所も閉まり、川船も往来はしていないが、大工や職人などが一杯やっている赤提灯は所々にある。だが、手代はそれには目もくれず、一目散に何処かへ向かっていた。

手代に接触してくる者は、今のところ誰もいない。

潮風に材木の匂いが重なって、深川らしい空気が流れたとき、手代がいきなり駆け出した。勝馬が尾けていたことに気付いたのか、それとも別の理由があるのか分からない。だが、咄嗟に勝馬も追いかけた。

この先は、新高橋《しんたかばし》があり、その近くには一橋《ひとつばし》家のお屋敷があった。その周辺には明地《あきち》が広がるが、小名木川沿いには沢山、武家屋敷もある。

手代は一目散に走って、ふいに路地を曲がった。勝馬も懸命に追いかけたが、手代はさらに足を速めた。

——おかしいな。何かある……。

そう察したとき、手代は掘割に架かる橋を跳ねるように渡って、その対岸の向こうに続く路地の奥に姿を消した。

だが、勝馬は「待て」と声をかけることはできなかった。万が一、賊にバレたら、主人が殺されるという手代の言葉が頭に残っていたからだ。

それでも、駆け寄って橋を渡ろうとしたとき、ガラガラッと橋が崩れ落ちた。

「うわっ！」

突然のことに、勝馬は飛び退くこともできず、掘割に落ちた。その頭上に橋の梁《はり》や橋脚が倒れてきた。思わず頭を抱えたが、大勢の人や大八車が通る頑丈で重い橋である。ひとたまりもなかった。

そのうちの材木のひとつが、もろに首根っこから腰の辺りに激しく落下してきた。避けることもできず、ガツンと受けて、掘割の水中に沈んでいった。

真っ暗で息苦しい中で、藻掻《もが》くこともできないまま、勝馬は意識が薄れていった。


そんな事態に陥っているとは露知らず、篠原は説得を続けていたが、まったく返答がなくなってしまった。

「どうなってるのだ……相手はたかが三人だ。このままズルズルと長引かせても、賊を付け上がらせるだけだ。踏み込むか」

篠原はそう決断したが、勇み足になりはしないかと、銀蔵は心配した。相手はこれまでも、平気で人を殺しているような輩である。カッときて、罪もない人間を殺したら、それこそ篠原の責任になると案じた。

「だがな、銀蔵。どんな御用でも、多少の犠牲は付き物だ。万が一、逃げられたら、この先、他にも大勢が災難に遭うことになる」

「ですが……」

「構わぬ。もしものことがあったら、この俺が責任を取る」

断固、踏み込むことに決めた篠原は、他の同心や捕方たちに捕り物のための配置を指示し、表と勝手口、そして庭や蔵のある裏、二階の窓などから、一斉に踏み込むことにした。

「いいか。合図を出したら、一挙に……」

篠原が言いかけたとき、同心のひとりが戻ってきて、

「勝手口に張り込んでるはずの北内がおりませぬ」

と伝えた。

「なんだと……北内勝馬ともあろう者が……〝くらがり〟に行って箍《たが》が緩んだか」

舌打ちをしたが、もはや一刻の猶予もならぬ。もしかしたら、すでに店の者たちを手にかけているかもしれぬ。

「かかれッ」

思い切って篠原が采配代わりの〝弓折れ〟を振ると、同心や捕方、岡っ引たちは一斉に板戸などをこじ開け、蹴倒しながら、ドッと店の中に踏み込んだ。

「御用だ！　御用だ！」

同心たちが乗り込んでみると、座敷に集められた主人夫婦や子供、番頭に手代、女中ら十数人が抱き合うようにして震えていた。中には縄で縛られている者もいた。

「無事だったか！」

踏み込んできた篠原は、家人が誰ひとり傷ついていないのを確認すると、総掛かりで店の中、奥の座敷、厨房、布団部屋、中庭から床下まで隈なく龕灯《がんどう》を当てながら、賊がまだ潜んでいるはずだと探した。

その一方で、篠原は賊が入ってきたときの様子などを、主人の三右衛門《みつえもん》に訊いた。

「――ええ、そりゃもう驚きました……不用意に潜り戸を開けたのが間違いでした……訳が分からないうちに押し入られて、女房や番頭が人質に取られ……私たちはもう言いなりになるしか……」

その時の様子を話す三右衛門に、女房のお菊《きく》や番頭の由兵衛《ゆへえ》も青ざめた顔で頷いた。ほとんどの手代や女中は二階で床に就いていたけれど、騒ぎを聞いて降りてきて、主人たちが陥った光景を目の当たりにした。恐怖のあまり、その場から動けなかったという。

「誰か、〝夜鳥党〟一味の顔を見た者はいるかい」

篠原が訊くと、誰もがみな首を横に振った。見るなと怒鳴られて怖かったのもあるが、黒い頰被りをしていて、暗いのもあってハッキリとは見えなかったという。

「背丈とか、言葉遣い、三人の様子などはどうだった」

さらに問いかける篠原に、三右衛門はまだ小刻みに震えながら答えた。

「分かりません……みんな背中を向けるようにしてましたから……」

しばらくして、店内や敷地内には何処にも賊らしき者はいないと、配下の同心が報せてきた。まだ引き続き探すが、人の気配はないという。

「──妙だな……四方取り囲んで、誰ひとり、何処からも出て来なかったが……」

腕組みで篠原が店の中を見廻していると、まだ小僧から上がったばかりの手代が、遠慮がちに声をかけた。

「あのう……鶴平《かくべい》さんが、こっそりと勝手口から出ていくのを見ました」

「鶴平……」

「はい。私たちの面倒を見てくれてる手代頭です。番頭さんの次に偉い人です」

松助《しょうすけ》という手代が、たまたま見たと話すと、三右衛門の方が手招きをするようにして訊いた。

「それは、いつのことだい」

「町方の旦那たちが乗り込んでくる、四半刻くらい前のことです……私はきっと、賊の目を盗んで、助けを求めに行ったのだと思ってました。そしたら、町方が来てくれたので、やはり、そうだと……」

「だとしたら、鶴平のことも心配だねえ。もし賊に知られたら、仕返しされるかも」

三右衛門が心配そうに言うと、

「案ずるには及ばぬ。奉行所がきちんと護ってやる……他に気付いたことはないか」

「特には……」

「番頭。おまえは、どうだ。刃物を突きつけられていたようだが、近くで顔が見えただろう。何でもいい。思い当たることはないか」

やはり小刻みに震えながら、番頭の由兵衛は答えた。

「いえ、ただただ恐ろしくて……息遣いが耳元で聞こえるだけで震えておりました」

「そうか……だが、そいつら、何処へ消えたのだろうな。鶴平とやらが出たのにも気付かなかったのだから……妙だな」

篠原は虚空を見上げて、

「勝手口には、北内がいたはずだが、他に下っ引たちも……」

と呟いた。その様子を、三右衛門はじっと窺うように見ている。その視線に気付いた篠原は、確かめるために訊いた。

「鶴平ってのは、賊には見つかってなかったのか」

「分かりません……でも、あいつなら目端が利くので、もしかしたら隙を窺っていたのかもしれません」

「そうか……いずれにせよ、何事もなくて良かった。取り逃がしたのは、こっちの落ち度だ。怖い思いをさせたな」

「とんでもありません。お勤めご苦労様でございました」

深々と三右衛門が頭を下げた。篠原も頷き返したとき、奥座敷にある押し入れの襖の下に、黒っぽい端布《はぎれ》のようなものがチラッと見えた。近づいて襖を開けてみると、挟まっていたのは、黒い頭巾のようなものだった。

「――これは……」

篠原が軽く頭に載せてみると、頰被りとなった。

「盗賊一味が落としたのか……この中に、賊の誰かが隠れたのかい」

「いいえ……」

「なら、どうして、こんな所に……」

襖をぜんぶ開けて、押し入れの中を見廻したり見上げたりした。特に異変はないようだったが、篠原は命じた。

「おい。誰か、念のために天井裏も調べてみろ」

すぐに中に入って、岡っ引らが布団などを下ろして検め、天井板を外して隈無く探したが、埃以外何もなく、人もいなかった。

「ふうん……」

頬被りを手にして、篠原は溜息をつきながら、何度もその周辺をうろうろしていた。

二

ガンガン頭痛と耳鳴りがする。吐き気も催しながら、勝馬が目を覚ますと、天井がぐるぐると廻っていた。

以前、剣術の稽古中に相手の木刀をまともに受けて、耳石《じせき》というのが欠けたがために、均衡を崩して歩けなくなったことがある。その時のように目が廻っており、起き上がろうとしても体が動かなかった。

「う……うう……」

しかも利き腕と腰から右膝にかけて、羽目板のような添え木できつく固定され、その上を晒しで何重にも縛ってある。頭にも〝包帯〟のように晒しが巻かれていた。着物は自分のものではない。上等な正絹のもののようだが、怪我人には不釣り合いな寝間着であった。

「ああ……そうか、昨夜……あの手代を尾けてて……橋が……」

物を考えただけでも、頭の奥がズキンと痛くなって、全身に痺《しび》れるような激痛が走る。歯を食いしばって耐えながら、首だけ動かして室内を見廻すと、立派な狩野《かのう》派の襖絵ばかりで、床の間にも品の良い掛け軸や壺などが置かれている。

障子戸からはうっすらと柔らかい陽射しが射し込んでおり、鳥の声などが聞こえるのは、庭に草木が茂っているからであろう。同心稼業には無縁の、かなり立派な武家屋敷に思える。

「――何処だ、ここは……」

誰かに助けられたのであろうことは、勝馬にも察しがついたが、それよりも手代は無事なのかと気がかりだった。

それにしても、橋が突然、崩れることがあるだろうか。手代はその橋を渡っていったが、自分は運悪く事故に巻き込まれたということか。足腰が激しく痛み、頭痛と吐き気は続いているが、生きていたことに感謝しなければなるまい。

そこへ、スッと静かに襖が開く音がして、五十絡みの上品そうな武家女が入ってきた。地味な柄の小袖に綸子《りんず》の打ち掛けを羽織っているが、白くて細面の顔は素朴であり、憂いすら帯びていた。

「大丈夫ですか……気がつかれたようで、良かったです」

武家女は勝馬の寝床の傍らに座ると、桶に掛けてあった手拭いを水に浸して絞り、少し汗ばんでいる顔や首、手などを拭いてやった。人の世話をするのに慣れている様子だが、女中頭なのであろうか。

「ここは一体、何処なのですか……で、あなたはどなたです……私はどうして、いや、どうやって、ここに担ぎ込まれたのでしょう。橋が落ちたところまでは覚えているのですが……ええ、昨夜のことです」

「昨夜ではありません。もう二日もこうしておられました。今日で三日目です」

「ええっ……⁉」

勝馬は思わず起き上がろうとしたが、やはり痛みで微動だにできなかった。

「まだ無理でございますよ。肩や腰の骨がずれていて、右足の骨も折れております」

「え……」

「しばらくは養生しなければならないと、御殿医《ごてんい》が申しておりました」

「御殿医……」

「はい。橋の下敷きになって、掘割で溺れかかっていたところを、たまたまうちの中間《ちゅうげん》が見つけて、家臣たちも一緒になって、懸命に助けたのです」

「……」

「頭も強く打っていたようで、気を失っておりましたが、屋敷に担ぎ込まれたときは死んでいるのかと思いました……でも、たまたま御殿医が来ておりまして、なんとか……」

「これは……かたじけない……なんと御礼を言ったらよいか……とんだご迷惑をおかけしました……私は……」

勝馬は名前を言おうとして、エッと詰まってしまった。

「――あれ……」

自分が誰か忘れている。思い出そうとして焦ったが、どうにもならなかった。

「物忘れになったのですね。御殿医も頭を強く打っていることを心配しておりました。でも、こうしてお話しができるのであれば、しばらくすれば……大丈夫だと思います」

「いや、しかし……」

「言葉を失っているわけではないので、必ず元に戻りましょう……私は、牧野豊後《まきのぶんごの》守《かみ》の奥女中頭、世津《せつ》という者です」

「ま、牧野豊後守！……老中を務めたことのある……」

「はい。そうです。ご自身のことは分からないのに、よくご存じですね」

「そう言われれば……」

「でも、そうして少しずつ思い出すことで、自分のこともハッキリすると思います。焦らずにゆっくりとね」

世津と名乗った女は、優しい微笑みを勝馬に投げかけた。

「お腹《なか》が空いたのではありませんか。私は所用がありますので、何かあれば声をかけて下さい。屋敷の者が用意いたします」

「――かたじけない……」

懸命に礼を言う勝馬に、世津は穏やかな目で頷いて立ち去った。

大きな屋敷だが、奉公人たちは出払っているのか、あるいは別邸だから人が少ないのか、物音ひとつしなかった。ただ、遠くで何となく人の声がしているし、意外と近い所に川があるのか、櫓の音なども微かに聞こえる。

睡魔が襲ってきて、勝馬はまた眠ってしまった。

だが、寝苦しいことには変わりなく、嫌な夢を見て目が覚めた。障子戸の外は薄暗くなっていた。

ふと人の気配がすると、部屋の中に座っている影があった。男のようだった。

「――誰です……」

勝馬が呻《うめ》くような声で訊くと、膝を進めてきて、

「中間の文七《ぶんしち》という者です。灯りをつけましょうね。少々、お待ち下さいまし」

と小さな蠟燭《ろうそく》から、行灯をともした。

明るくなって浮かんだ中間は、決して人相の良い男ではなかった。三十絡みの遊び人のような風体《ふうてい》だった。わずかに不安を抱いた勝馬だが、渡り中間などは素性が分からぬ者も多い。

「すまないね……迷惑をかける」

「謝ることはありやせんよ。うちの主人は慈悲深い人ですから」

「有り難いことだ……」

「何か召し上がりますかい。薬はあっしが煎じたのを口にそっと流し込んでおきましたが、ええ、医者に言われたとおりに」

「そうなのか。益々もって、申し訳ない」

「先生はまた明日にでも診に来ると思いやすよ。それより、滋養のつくものを少しでも体に入れないと」

文七と名乗った中間は、ゆっくりと介助して勝馬を起き上がらせ、布団を重ねた背もたれを設《しつら》えて座らせた。

傍らには、盆に載った薬草入りの粥《かゆ》がある。利き腕が使えないので、中間が食べさせようとしたが、勝馬は申し訳ないからと、不自由なままでなんとか食べた。

「崩れた橋から落ちたことまでは覚えているのだが……」

勝馬は食べながら、少しずつでも思い出そうとしていた。

「その前は、材木問屋の……たしか『淡路屋』だったと思うのだが、そこから手代を追って来たのだ……ああ、そうだ……誰かに伝えなきゃいけないことがあって……でも、刻限内に戻らないと、主人たちが殺されるとかで……」

時を遡《さかのぼ》るように順序立てて考えてみた。

「その前は、張り込んでいたのだ、『淡路屋』を……張り込んでいた……俺はどうして、そんな所に……ああ、その前は、ええと両替商だ。日本橋の両替商……『紀ノ国屋』だ。そうだ。思い出してきたぞ。そこに、盗賊が入ったので、追いかけたんだ……そしたら、ああ、そうだ」

燦《きら》めくような目になる勝馬に、文七は食い入るように訊いた。

「てことは……旦那は、町方同心か何かで……」

「——そんな気がしてきた……」

「でも、お助けしたときには、黒羽織を着ていなかったし、十手も……」

文七が言いかけたとき、勝馬は手にしていた粥の入った茶碗を落としたが、

「あっ。思い出したッ。俺は同心だ……ああ、本当だ。南町奉行所の永尋書留役、北内勝馬というものだ」

「永尋……なんです、それは」

「とにかく、〝夜烏党〟という盗っ人一味の捕縛に駆り出されたんだ。ああ、思い出したぞ。それで、『淡路屋』から手代が出てきて、賊に何やら命令されて……そ

の内容については何も分からないが……手代が何かに巻き込まれちゃいけないと思って、尾けていたんだ。そしたら橋が……！」

すっかり思い出した勝馬は気持ちが昂ぶって立ち上がろうとしたが、激しい痛みに襲われて、ただ足掻いただけだった。

「どうぞ、お気を静めて下さい……その体では立ち上がるなんて、まだ無理ですよ」

中間が気遣うように言うと、勝馬は安堵で嬉しそうな顔になって、

「そういう次第だ……頼みがある。その後、『淡路屋』のことや〝夜鳥党〟がどうなったかは分からないが、俺がいなくなって、みんな心配しているはずだ。南町奉行所まで報せてくれないか」

「へえ。それはお安い御用です」

「今言ったが、俺は北内勝馬。永尋書留役の角野忠兵衛という人に報せてくれるのが、一番、ありがたい。分からなければ、誰でもいい。奉行所まで行くのが厄介なら、深川大番所でも、その辺りの自身番でもいい」

勝馬の逸《はや》る気持ちを抑えるように、文七はふたつ返事で、部屋から飛び出していった。残った勝馬は安堵して横になった。

「――篠原様の激昂する顔が思い浮かぶが……ま、忠兵衛さんが庇ってくれるかな」

ひとり呟く勝馬の姿を、廊下に出たばかりの文七が曰くありげな目つきで振り返っていた。そして、そそくさとその場から立ち去るのであった。

三

落ちた橋の後始末には意外と難儀していた。名もない小さな橋だが、この掘割は、大横川や小名木川、仙台堀《せんだいぼり》などを結ぶ要路で、川船の往来が多い。梁や橋脚が瓦礫《がれき》となって舫杭などにも絡んで、意外と深い川底だから、引き揚げるのも大変だった。小普請人足だけではなく、周辺の住人らも駆り出されて、引き揚げていたが、遅々として進んでいなかった。

その辺りを、何度も往き来している角野忠兵衛の姿があった。手には、なぜか釣り竿を持っている。

掘割の縁や近くの側溝、ぐるりと遠廻りをして対岸まで渡り、細かく注意しながら、まるで定橋掛り《じょうばしがか》の同心のように検分をしていた。道に揚げられた橋桁やその破片なども、じっくりと見ている。

「――忠兵衛さん……」

ふいに女の声がかかった。振り返ると、白衣姿に薬箱を手にした八田錦がいた。いつものように颯爽としている。錦は心配そうな顔で忠兵衛に近づいて来ると、

「まだ勝馬様は帰って来ていないのですか」

「え、ああ……もう三日めだ」

「きっと怪しい奴を追いかけて行っているのではないでしょうかね」

「それにしても、何の報せもないのがな……」

気になると忠兵衛は言ったが、与力や同心が探索で出ずっぱりのまま数日、奉行所を留守にするのは、よくあることだ。

「あいつはそんなに熱心な奴じゃない……いや、推察や証拠集めには只ならぬものがあるが、悪党を追いかけて、寝ずの番を決め込むような性分じゃない」

「余程のことがあったとでも？」

「でなきゃいいがな……錦先生は、どこまで？　茅場町の診療所から、随分と遠くまで診察に来るのですね」

「深川診療所の藪坂清堂《やぶさかせいどう》先生の所までね」

「何かあったのかい」

「刃物で大怪我した人がふたり、いるらしいのだけど、名乗りもせず素性が分からないらしいので、町奉行所に出入りしている私に、ちょっと診ておいて貰いたいと」

「何か事件に関わりがありそうなのかな。藪坂先生は、そういう勘が鋭いから」

「今、探索中の〝夜烏党〟と繋がってるかもしれないから、気をつけておきますね」

逃走した〝夜烏党〟が別の大店に逃げ込み、人質騒ぎを起こした上で、さらに姿を晦《くら》ましたことは、錦の耳にも入っているようだった。時にあれこれ事件に首を突っ込んでくるが、その推理も存外、探索に貢献していた。

篠原から正確な報せが入ってきておらず、忠兵衛としては、自分の部下を盗賊探索に〝貸し出した〟のに、行方知れずのままだというのが心配でたまらなかった。

「勝馬は、この橋と一緒に落ちたかもしれないんだ」

「え、そうなんですか」

驚く錦も、まだ浚《さら》い切れていない堀川の水面を眺めた。先日からの雨による増水も続き、流れも意外にあるので、不安に駆られた。

「大丈夫、まだ土左衛門《どざえもん》は見つかってない」

「忠兵衛さん。冗談でもそんな……なのに、こんな時に釣りですか」

手にしている釣り竿を見た。

「さっき瓦礫の中から、振り出し式の釣り竿が見つかったんだよ」

忠兵衛はシュッと竿を投げ出すような仕草をした。

「これは俺が奴にやった竹の釣り竿なんだ」

「えっ……」

「テンカラ釣りの軽めの奴なんだがな……差し込み式のは長くなると重いなんぞと言いやがるのでな……ほら、ここに角野と彫ってあるだろ。名のある職人に作って貰ったものなんだが、あのやろう、悪い奴をしばくのに丁度いいなんて言いやがって、よく手にしてたんだ」

「では、此度の見張りの時にも……」

「だろうな。で、ここから見つかったってことは、落ちたか……落としたか……いずれにせよ、この近くにいるような気がしてならないんだ……」

忠兵衛はしゃがみ込んで、落ちた橋の土留め杭なども真剣な眼差しで見ながら、

「定橋掛りの話によると、橋が落ちるなんてことはめったにない。腐ってるわけで

もないし……もしかしたら、落ちる仕掛けでもあったんじゃないかと、後で丹念に調べるとのことだ。先生もどんな小さなことでもいいから、何か気付いたことがあったら教えてくれ」

「承知しました」

「振り出す竿ってのは、魚の食い込みが良いのだが、事件の方はちっとも引きがこないなあ……先生が深川診療所の方に行くなら、俺もちょいと……」

歩き出す錦に、忠兵衛も付いてきた。

江戸の外れとは思えぬほど、立派な武家屋敷が続いている。中でも一橋屋敷や細《ほそ》川《かわ》越中守、松平《まつだいら》出羽守《でわのかみ》など錚々たる大大名の屋敷が続く。屋敷ひとつで、猿江の御材木蔵よりも遥かに広い敷地である。

小名木川沿いの道を歩きながら、民家とは違う高くて立派な瓦屋根を見上げて、忠兵衛は溜息をついた。

「――同じ武士でも、まったく身分が違うものだな……」

と呟いたが、本心ではそのようなことを考えていない。

勝馬がこの辺りに来たとしたら、何故かということが気になっていたのだ。

「手代の松助の話によると、鶴平という手代頭がこっそりと勝手口から出ていったとのことだ……もしかしたら、勝馬はその手代と何かあったのかもしれぬ。実はまだ、鶴平も店に帰って来ていないんだ」

　忠兵衛が訝しげに言うと、錦が付け足すように言った。

「そういえば、『淡路屋』さんは店を畳むそうですね」

「え、そうなのか。聞いてないが」

「私もさっき、通りがかりに知りました。なんでも、〝夜鳥党〟の仕返しが怖いとかで……たしかに気味悪いですよね」

「店仕舞い……」

　何となく胸に引っかかる忠兵衛に、錦は聞いてきたばかりの話をした。

「近頃は、他の店に押されて売り上げが減っていたそうですし、元々、主人の三右衛門さんは、余所の店から来た人らしく、お内儀は、ここ深川の芸者さんです」

「それは知ってる。三右衛門は、日本橋の両替商の番頭だった男で、数理に長け、商売上手だからということで、先代に買われて店に入ったそうだからな」

「そうなんですね」

「いくら売り上げが下がったとはいえ、天下の深川の材木問屋だ。潰れるほどではなかろうに。ちょっとした修繕や普請も請け負っていたしな」

「商いのことはサッパリ分かりませんが、縁起が良くないのも、客離れになるとか……さっきの橋の木材も『淡路屋』さんが出したものですからね」

「えっ。そうなのか？」

「知らなかったんですか、それくらい……」

「というか、なんで先生こそ、そんな細かなことまで知ってるんだ」

「奉行所内では地獄耳ですから。では、一刻も早く勝馬様が見つかりますように」

錦は挨拶をすると、さっさと行ってしまった。

不思議な女医者だと首を傾げてから、改めて周辺の武家屋敷を見ていると、小名木川は新高橋の船番所近くにある、立派な長屋門の潜り戸から、中間がひとりで出てきた。

中間は忠兵衛の姿を見て、一瞬、ギクリと立ち止まったが、顔を背けると竪川の方へ向かって歩き出した。

——なんだ……。

忠兵衛が訝しんで見送っていると、中間はしばらく歩いてから、何となく振り返った。まだ忠兵衛が立っているので、少し驚いたようだが、そのまま先に行った。番小屋もあるような立派な屋敷の前に佇んで、忠兵衛は改めて門扉を見上げた。

「こんな立派なお屋敷なのに、中間がひとりで出歩くなんて……」

　ぶつぶつ言っている忠兵衛に、物売りが近づいてきて、

「ここに御用ですかい。八丁堀の旦那」

「いや、そういうわけじゃないんだが……誰のお屋敷だっけな」

「えっ。それも知らないんですか。御老中をなさってた牧野豊後守様の……」

「そうか。別邸はここにあったのか。山下門内《やましたもん》の上屋敷は知っていたがな」

「でも、御老中をお辞めになってから、国元に帰ったそうで、ご家臣たちもほとんどは一緒に出ていったので、今は空き家同然でさ」

「誰もいないのか」

「いえ。居残りの方たちはおいでのようですよ。夜には灯りも漏れてますから。でも、門は閉め切ったままでね。お陰で、こっちも売り上げが下がりました」

　物売りは籠の葉物や根菜などを見せてから、売り声を上げながら立ち去った。

　忠兵衛はぼんやりと見送っていたが、改めて門を見上げて、

「――空き家同然、か……」

　と呟いた。根拠があるわけではないが、中間の様子から、なんとも言えぬ不安が忠兵衛の胸の内に湧いてきた。

四

勝馬は寝苦しさにハッと目覚めたが、障子戸の外には真っ赤な夕陽が射していた。相変わらず深閑としており、山の中にいるかのように物音ひとつ聞こえなかった。

「お加減はどうですか」

声があって襖が開くと、世津が顔を出した。勝馬は自分で上体を起こしながら、

「ああ、随分と良くなった気がします。まだ頭は少々痛いし、腰の辺りもね。でも、あなたたちのお陰で、なんとか尿筒《しとづつ》も自分で……」

「それはようございました」

「あ、女の方に対して失礼なことを言ってしまった」

「いいえ。お世話をすることが私の務めですから、お気になさらずに」

世津が微笑み返すと、勝馬もまるで母親を見るような目で、

「感謝いたします……それより、まだ迎えは来ないのですかねえ」

「えっ……」

「奉行所からです。中間の文七さんに頼んだのですが。私は、南町奉行所の北内勝

馬。思い出したんです」

　屈託のない言い草に、世津は思わずほっこりとした顔になって、

「ええ、ええ。良かったですわ。文七からも聞いております」

「私がここでお世話になっていること、番屋にでも届けてくれるようにと」

「承知しております。でも、まだ誰もお見えになっておりませんが」

「まったく……」

「探索でお忙しいのでしょう。それより北内様……というのは、もしかして勘定《かんじょう》方《かた》にいらした北内主水亮《もんどのすけ》様の縁者では……」

「私の父ですッ。ご存じなのですか」

　すぐに答えた勝馬に、世津の表情が俄に明るくなった。

「やはりそうでございましたか……いえね、文七に名前を伺ったときから、もしかしてと思うておりました。北内様とは面差《おもざ》しがよく似ているもので」

「そうですか。まさか父を知ってるとは」

　勝馬は奇縁を喜ぶと、愛おしそうな穏やかな顔になった。世津も懐かしむように、

「なんという巡り合わせでございましょう……知っているどころか、私にとっては恩人です……仏様みたいな御方です」

「仏様とは大袈裟《おおげさ》な」

「いえ、本当です。あれはもう十五年、いえ、二十年近く前になります。息子も生きておれば、あなた様くらいになりましょうか」

「生きていれば……？」

「はい……」

世津は遠い目になって、昔のことを手繰り寄せるように、

「私は下総の小さな漁村の出ですが、江戸の大店に奉公に出され、そこの主人に囲われの身になって、子をもうけました……でも、所詮は妾の子ということで、私ひとりで育てておりましたが……その店が潰れました」

「そんな……」

「私はまだ三つの子を抱えて頑張りましたが、女手ひとつでは厳しい世の中……その頃、出会った男も酷い人で、毎日のように大酒を飲んで暴れて……そんな中で、息子は流行病で死んでしまった」

「……」

「どうして、こんな目に遭うのだろうと、もう嫌になって……死んで子供のところへ行こうと決心しました……そんな時です」

雪のちらつく夜、隅田川《すみだがわ》に身を沈めて死のうとしたとき、ひとりの侍が駆けつけてきて、冷たい川の中に飛び込んで、世津の体を抱きしめて引き上げた。

『バカなことをするんじゃない』

『放して下さい。生きてなんかいたくない。もう嫌……！』

『駄目だ。俺は放さないぞ。一緒に溺れても放さないからな』

抗うのをやめた世津は、自分のことが情けなくなって、侍に身を預けた。

「そのお侍様が、あなたのお父上だったのです……ええ、忘れも致しません……その時の、北内様の腕の温もりに、私はふっと力が抜けたんです……北内様は橋番所に連れていってくれて、何処で用立てたのか女物の着物も……」

「……」

「そして、二八蕎麦屋を呼んで、温かいかけ蕎麦を食べさせてくれました……『美味いだろ』『あったかくなったか』『泣かずに食え』『どんなことがあっても、人は生きなきゃいけないのだぞ』……私の身の上や、何があったかなどは、何ひとつ訊かず、ただただ優しく声をかけてくれました」

世津はその夜のことを昨日のことのように思い出して、涙を拭いながら話した。

「――不思議なものですね……どうしても死にたい。息子の所に行きたい……そう願っていたのに、ふっと力が抜けたのです」

「はは、死神が逃げたかな」

「ええ。だから北内様は、仏様なんです」

真剣な目で見つめる世津の話に、嘘はなさそうだった。

「でも、親父からは、そんな話は聞いたことが……勘定方の堅苦しい役人という印象しかないけどなあ」

「咄嗟のことだったのかもしれません……咄嗟のときに出る行いや言葉が、その人の本性だと言います。お父上は、本当にご立派な御方だと思います」

世津はじっと勝馬から目を逸らさないで、

「だから、御礼と言っては憚られますが、おっしゃるとおり奇縁……お体がちゃんと治るまで養生して下さい。そのお体では、しばらく御用勤めも無理でしょうし」

「ま、そうかもですな」

「それに……息子も生きていたら、こんなふうになってたのかなって……可愛がってやったのは、ほんの短い間……ちょっとくらい〝息子孝行〟をさせて下さいまし」

切実に願うような世津に、勝馬は却って悪い気がしてきたが、

「こんな俺でよければ……ええ。そうと決まれば、まだ休んでるか。あはは」

「そうして下さいまし」

「でも、この立派なお屋敷にお世話になってることは、奉行所に届けておいて下さいね。でないと、『何処で油を売ってたんだアって、篠原という定町廻り筆頭同心に殴られますから」

「はい。承知しました。必ず……」

世津が涙を拭って頷くと、勝馬もほんのひととき安らぎを得たような気がした。


その頃——篠原と銀蔵は、軒看板が下ろされ、すっかり片付いている『淡路屋』の中をうろつくように見廻っていた。

番頭の由兵衛だけが残っており、手代たちはみな暇《いとま》を出されていた。

「本当に店を畳むのか」

篠原が訊くと、由兵衛は無念そうではあるが、主人の判断だから仕方がないとしか言わなかった。帳場も片付けており、商売相手との貸し借りなどの決済も終え、自分も一息ついたところだと話した。

「しかし、どう考えても勿体ないことだな。これだけの大店を……しかも、先代から譲られて、まだ三、四年しか経ってないだろう。折角、三右衛門が店の立て直しに入ったのにな」

「はい。商売は難しいものです」

殊勝な感じで由兵衛は言ったが、篠原は何処か違和感を感じていた。盗っ人が逃げ込んだのは確かだが、「仕返しをされるかもしれない」という理由だけで看板を下ろすのは、どう考えても理不尽だからだ。

そのことを、篠原が問い詰めるように訊くと、

「――縁起物ですから……町方の旦那方が、ここに追い込みさえしなければ、店は続けられたかもしれません」

まるで捕り物の失策を責めるかのように言った。それについては忸怩《じくじ》たる思いがあるものの、篠原は釈然としなかった。それは、他の同心や岡っ引たちも同じだ。

「ところで、由兵衛……主人の三右衛門は何処に行ったのだ」

「とりあえず故郷《ふるさと》に帰るとのことです」

「どこでえ」

「高崎《たかさき》と聞いておりますが」

「ふうん……で、おまえはどうするのだ」

「そうですねえ……しばらくは江戸にいて、後は風の吹くまま気の向くまま」

「店を潰すにしちゃ優雅だな。こちとら、あくせく働き詰めで、三十俵二人扶持《ににんぶち》は一生変わらないからな。羨ましい限りだ」

篠原が嫌味な感じで言うと、由兵衛は片付けがあるのでと奥に立ち去ろうとした。

だが、篠原はすぐに呼び止めて、

「鶴平はどうなった」

「え……？」

「手代頭の鶴平だよ。こっそり出たまま帰って来てないんじゃないのか」

「——そうなんです。ずっと心配しているのですが……」

「とても、そういう風には見えないがな」

鼻を鳴らして、篠原はまた嫌味ったらしく言ってから、十手をさりげなく突き出し、由兵衛の胸を軽く押した。

「な、何をなさいます、篠原様」

「おまえさ……盗賊に匕首を突きつけられてただろ。怖くなかったのかい」

「それはもう、身も凍る思いでした」

「ふうん。それにしちゃ落ちついてたように見えたがな……ふつうなら小便を洩らしてもよさそうなくらいだ。だが、それほどでもなかった……ように俺には見えた」

篠原が詰め寄ると、由兵衛は首を横に振りながら、

「とんでもない。生きた心地がしませんでした」

「それほど怖い奴が相手なのに、出たまま帰ってこない鶴平のことは気にならないのかい……うちの同心も、おそらく鶴平を追ったと思うのだが、行方知れずなのだ」

「………」

「もしかしたら、おまえが知ってるのではないかと思ってな」

カマを掛けるように篠原が言うと、意外な言葉に驚いて由兵衛は身を反らし、

「どうして私が……」

「まるで鶴平の居場所を知ってるかのように案じてないからだよ。ふつうなら、一緒に働いていた手代頭がいなくなったままなら、町方に必死に探してくれと頼むはずだ。なのに主人も番頭のおまえも、さっさと店を閉めて、手代のことはほったらかしかよ」

さらに問い詰める篠原に、由兵衛は深々と頭を下げて、

「もちろん、お願いするつもりでした。ええ、自身番には届けております」

「誰がだい。届け出てなんぞいないぞ」

「おかしいですね。私はいの一番に最寄りの自身番に……」

「この辺りなら、門前仲町《もんぜんなかちょう》の紋蔵《もんぞう》が動いているはずだ。奴は江戸中の岡っ引の元締めだ。そいつすら知らないんだから、届けてないだろう。今、町方が探してるのは俺が命じたからだ」

「……」

「なんで、そんな嘘をつくんだ。とにかく、〝夜烏党〟のことを、特にその夜のことを改めて訊くから、おまえは何処にも行くんじゃねえ。誰かが見張ってるから、下手な小細工はしない方がいいぞ」

口元を嚙む由兵衛の肩を、篠原は十手で軽く叩いてから店を出た。

すっかり真っ暗になっており、月も出ていない。

そこに、忠兵衛が近づいてきた。手には例の釣り竿を持っているので、

「こんな時に暢気《のんき》に釣りかよ。自分の手下がいなくなったってのに、おまえも冷たい奴だなあ、角野忠兵衛さんよ」

「おまえも……？」

「それはいい。何か摑めたのかい」

「——あの橋には、落ちる仕掛けがしてあったようですな」

「あの橋……？」

忠兵衛は釣り竿を掲げて、

「大横川の向こうの、武家屋敷が連なる掘割に架かってた小さな……その下で、これも見つかりました。北内のものです」

「なんだと」

「引き揚げた材木を点検して、定橋掛りの者たちとも隈無く調べてみたんですがね、けっこう上手く造ってる細工もので、一本引き抜けば崩れ落ちるように組んでたようです」

「カラクリ仕掛けってわけかい」

「戦国の世なんかでは、砦《とりで》の中によくあったものです。籠城の際に、敵に攻め込まれないようにね。今だって、江戸城の北桔橋《きたはねばし》はそうだって聞いたことがありますよ」

「滅多なことを言うな……」

「しかも、落ちた橋はこの腰掛け鎌継ぎやら金輪《かなわ》継ぎ、台持ち継ぎなどを駆使して、ちょっとやそっとでは崩れないはずだが、たった一本の楔《くさび》を抜くことで崩落する……つまり、敵の侵入を防いだり、追っ手を止めるという仕掛けです」

「…………」

「あの辺りは武家屋敷が多いので、もしかしたら辻番代わりに設えたものかも……でも、こさえたのは、この『淡路屋』でしょ」

忠兵衛は念を押すように言ってから、武家地の周辺を探ってみたことも伝えた。

「——中でも、牧野豊後守様のお屋敷……あそこは人があまり残ってなさそうですが、今夜も灯りがともってました」

「牧野……御老中のか」

「でね、私、一軒一軒、訪ねてみたんです。勝馬を見なかったかってね」

「おまえが、か……意外とマメだな」

「いえ、マメが取り柄です。町方の私を見て追い返すような屋敷もありましたが、とにかく番人くらいは出てきました。ですが、牧野様の所だけは誰も出てこないのです。灯りはついているのに」

「妙だな……」

「ですから、篠原様。牧野様のお屋敷に、探りを入れて貰えませんかねえ」

「おい。そりゃ無理だろ。俺たちは……」

「はい。町方だとは分かっております。でも、町奉行直々に言えば、なんとかなるのではないでしょうかね。定町廻りは同心専任職。つまりは、町奉行直属の役目ですから、なんとか大岡様に……」

「おまえが言え。実は通じているって噂もあるぞ」

篠原は無下《むげ》に言って、何処かへ立ち去った。取り残された忠兵衛は、『淡路屋』の軒看板があった壁を見上げていた。

そんな忠兵衛を——由兵衛は店の潜り戸の中から、鋭く睨んでいた。

五

翌朝、勝馬は這うように障子戸のところまで行き、開けてみた。目の前には屋根付きの廊下があり、その向こうには枯山水の庭が広がっている。

よく手入れがされており、白壁の瓦塀やその奥にある庭の松の植え込みなどは品があって、さすが大名の屋敷だと思って、勝馬は溜息をついた。だが、閑散としていて、人のいる気配がない。

立ち上がることができないので、遠くまで眺めることはできないが、ざっと見て三千坪くらいはあるであろう。下屋敷としては立派な方だ。

鳥の鳴き声がしたので、その方を見ると、母屋なのか玄関の方にチラリと人影が見えた。中間のようだった。文七かと思っていると、わずかに振り返った瞬間、

――アッ。

と勝馬は思った。

ほんの少ししか見えなかったが、『淡路屋』の手代頭に間違いない。橋が崩れたので見失ってしまったが、

――何故、あの手代がここに……いや、見間違いか……？

などと考えていると、襖が開いて、

「危のうございますよ」

と世津が入ってきた。美味しそうな匂いのする炊き込みご飯と蜆《しじみ》汁などの盆を手にしている。楚々とした態度ではあるが、どこか険しい口調だった。

「御殿医はあまり動かない方がよろしいと話しておりました。まだ骨が充分にくっつかないうちに無理をすると、一生、苦労することになりかねないと」

脅すような言い様だが、勝馬はさほど気にすることなく、さらに廊下の方に身を

乗り出して、遠くを見ようとした。

すると、世津は勝馬の体を支えて、寝床の方に戻そうとした。だが、勝馬は少しばかり抗うように、

「待ってくれ、世津さん……ちらっと見えたのだが、『淡路屋』の手代がいたような気がするんだ」

「『淡路屋』……？」

「文七さんには話したんだがな、〝夜鳥党〟が逃げ込んだ大店だ」

勝馬はそこから抜け出した手代を密かに追っていて、橋の崩落事故に遭遇したのだと話した。世津は、もちろん文七から聞いて承知していると言った。

「屋敷には、文七以外にも中間がおりますので、その者じゃないでしょうか」

「やはり見間違いか……」

「お疲れになっているのでしょう。探索のことも、今は考えない方がよろしいのでは」

世津は食事の介助をしようとしたが、勝馬は俄に不安が込み上げてきて、

「それにしても、ここにいると知りながら、誰からも報せが来ないのはおかしい……『淡路屋』に押し入った〝夜鳥党〟のことは、どうなったのか。捕らえられた

のか、それともまだ……」

「勝馬様、思い詰めると、お体に良くありませんよ。それに、〝夜烏党〟は盗みはすれども非道はせずと聞きます」

「かような大名屋敷にも、さような噂が……そんなのは大嘘です。これまで殺された者が四人もおり、怪我人も多い。万死に値する盗賊一味ですよ」

「――そうなのでございますか」

「たしかに、盗んだ金を困っている連中にばらまいているという話もある。盗みに入られた大店は評判の悪い所ばかりだから、読売は面白がって義賊などと書いている。でも、盗みは盗みだ」

「それは政《まつりごと》が悪いからではありませんか。お上がきちんと庶民の面倒を見ないから、義賊がもてはやされる」

「え……」

「そうでございましょ。そのお金で薬を買えたり、身売りをやめたり、無法な借金地獄から救われることもありましょう」

わずかに語気を強める世津を、勝馬は不思議そうに見ていた。

「世津さん……あなたは盗賊の味方をするのですか。しかも、お上が悪いなどと、御老中を務められた当主を批判したも同然です」

「――あ、これは言い過ぎましたね。申し訳ありません」

「いや、私に謝られても……たしかに、かような盗賊の事件があれば、庶民は溜飲を下げることもあるが、やってはいけないことはやってはいけないんだ。ましてや、如何《いか》なる訳があろうとも、人殺しはならぬッ」

力を込める勝馬に、世津は微笑みかけて、

「はい。お父上に言われたとおり、命は大切にしなければなりませんね」

「当たり前のことです……それにしても、忠兵衛さんだけでも来ても良さそうなんだが。一体、何をしてるんだ」

食事を取りながら、勝馬が文句を垂れると、世津は訊き返した。子供の世話をしている母親のような態度で見守りながら、

「何方《どなた》でございます、忠兵衛さんというのは」

「私の上役です。いの一番に心配して来てくれると思ったのだがなあ……あ、そういや、釣り竿を……」

勝馬はなくしたと思って悔やんだが、あの事故の騒動ではやむを得まい。両刀のことも心配したが、ちゃんと拾ってあると世津は言った。柄《つか》が濡れて汚れていたの

で、綺麗にして置いてあるという。

「それは、かたじけない……」

軽く食事をすると、勝馬は柱を摑んで立ち上がろうとした。だが、添え木が邪魔になって思うように動けない。

まだ足や腰が痛いが、昨日よりはマシになった気がする。

「世津さんの薬草入りの粥のお陰かな……せえのおッ」

必死に立ち上がった。それでも、まだくらくらする。心配そうに見ている世津だが、勝馬はよちよち歩きの赤ん坊のように、ゆっくりと廊下に出て行った。その姿を、世津もまた幼い頃の我が子を思い出したのか、優しい目で眺めていた。

立ち上がってみると、塀は意外と低く、この武家屋敷の立地が少し周辺よりも高いのか、目の前に大横川が見える。勝馬も時に、忠兵衛に連れられて釣りをしたことのある場所だった。

その目が、対岸にある大店の裏庭に留まった。〝夜烏党〟が押し込んだときに、自分が見張っていた場所だ。

「おや……」

勝馬が声を洩らすと、世津が近づきながら、

「どうしました？」

「あそこはたしか、『淡路屋』だよな……ああ、そうだ。両隣が『木曽屋《きそや》』と『丹後屋《たんごや》』……俺は勝手口から出てきた手代を追って……向こうの橋まで廻って、そこから武家屋敷に続く掘割を来たとき……」

掘割や落ちた橋は見えなかった。六尺近い背丈のある勝馬には眺められる風景が、世津は背伸びをしても目にできない。

すると――『淡路屋』の裏庭で、男がふたり揉み合っているのが見えた。

「!?……」

ひとりは番頭の由兵衛で、喧嘩の相手はあの手代である。

――やはり、あいつだ……どういうことだ。

勝馬は目を凝らした。

手代の方が激昂しているようだが、由兵衛はあっさりと手代を蹴倒した。起き上がった手代が胸ぐらに摑みかかった次の瞬間、ぐらりと崩れた。

はっきりとは確認できないが、その腹には刃物が突き立っているようにも見える。その体を由兵衛はさらに蹴飛ばすと、手代の両足を脇に抱えるようにして、奥の蔵の方へ引きずっていった。植え込みが邪魔をして、その先は見えないが、たしかに由兵衛は人を刺して片づけようとしている。勝馬の目にはそう捉えられた。

「お、大事だ……大変だ……」

部屋に戻ろうとした勝馬は、均衡を崩してそのまま畳の床に倒れてしまった。思わず支えようとした世津も巻き込まれるように、膝を突いてしまった。

「一体、どうなさったのですか、勝馬様」

抱えようとする世津に、勝馬もしがみつくように必死の顔で、

「殺しだ。いや、死んでいるかどうか分からぬが、『淡路屋』で揉め事があった。まさか、ここから『淡路屋』が見えるとはな」

「えっ……」

驚いてハッとなる世津も立ち上がって塀の外を見ようとするのを、勝馬が止めて、

「筆と紙を貸してくれないかな」

と言うと、世津は隣室にある文机から矢立を持ってきた。

小さな壺に入っている墨に穂先をつけると、勝馬はさらさらと何やら書き始めた。意外なほどの達筆に、世津は目を丸くした。書きながら、勝馬は言った。

「これを中間の文七にでも持たせて、南町奉行所の角野忠兵衛さんに届けてくれないか。もしいなければ、定町廻りの篠原恵之介様でもいいし、とにかく頼む」

勝馬から折り畳んだ文を渡されて、世津は心配そうな顔になって、

「何があったのです、勝馬様……」

「あなた方にはこれ以上、迷惑はかけたくないが、もしかしたら当家の中間も関わっているかもしれない」

「どういうことです」

「さっき庭先で見かけたのは、確かに私が尾けた手代だった。そいつが、『淡路屋』の裏庭で、番頭の由兵衛に刺されたかもしれぬ」

「ええッ——」

「とにかく頼む……町方に報せてくれ」

必死の形相の勝馬に、世津は驚きながらも大きく頷いて、

「分かりました」

と障子戸を閉めると部屋から立ち去った。

広く長い廊下を足早に歩いてきた世津は、玄関の衝立《ついたて》の辺りに来ると、文を開いて中身を読んでみた。そこには、行書体の達筆でこう記されている。

——角野忠兵衛様。拙者怪我を負っており、身動きできませぬゆえ、文にて火急の用件をお届け致す。淡路屋の屋敷内にて殺しあり。直ちにお調べ下され。番頭の

由兵衛が、拙者が尾けていた手代を刺したようです。宜しくお願い致します。拙者は大横川に面した元御老中、牧野豊後守様のお屋敷にてお世話になっております。取り急ぎ。北内勝馬。

それを読んでいた世津が、深い溜息をついた時、背後から来た人影が手を伸ばし、サッと文を取り上げた。

あっと振り返った世津の前に立っているのは、武家ではなく、ただの遊び人風の男であった。四十絡みだが、腕っ節が強そうな立派な体軀《たいく》で、目つきが異様なほどするどく、その頰には古い刃物傷が一筋ある。

「弥三郎《やさぶろう》……まさか、おまえ、鶴平を……」

世津の声も急に下世話な雰囲気になった。大名屋敷の奥女中とは程遠い。弥三郎と呼ばれた遊び人風はその文を読み終わると、ぐしゃっと丸めた。

「分け前をもっと寄越さなきゃ喋るぞ、なんて言いだしやがったんでな。始末は由兵衛に任せた。そんなことより……」

弥三郎はジロリと世津を睨みつけて、

「情けが仇とはこのことだ。あんなサンピン、橋の下で溺れさせればよかったんだ」

「冗談じゃないよ。人殺しはしないっていう、うちの人の信条を忘れたのかい」

「時と場合による。それに殺しじゃねえ。勝手に橋と一緒に落っこちただけだ」

「仕掛けたのは、おまえじゃないか」

「――一々、うるせえな……いつまで姐《あね》さん風を吹かせてんだい」

「なんだってッ」

「こりゃ、相済みません」

弥三郎は小馬鹿にしたように軽く頭を下げたが、世津は怖がることもなく、まるで飼い犬を睨みつけるように、

「私にとっちゃ恩人の息子さんだからね。見るに見かねたんだよ」

「へえ……屋敷に連れ込む前から知ってたのかい」

「あの店を張り込んでた時からね」

「そんなに、あんな奴のことが気になるのかい。お陰で、助け上げた俺の手下たちの方が、危ない目に遭ったんですぜ」

「……」

「ま、いいや。仲間割れはよしやしょう。でもね、世津さん……そりゃ、あんたは親方の女房だが、もう親方はこの世にいないんですぜ……〝夜烏党〟を仕切ってる

のは、一の子分だったこの俺だ」

今度は、弥三郎の方が頬を歪めて、世津に顔を近づけ、

「もう三回忌も過ぎた。これからもつつがなく、おまんまを食いたきゃ、俺の言うことを聞いてた方がいい」

「脅すのかい」

「まさか……俺を一人前にしてくれた親方と姐さんの恩に、ずっと報いていきてぇと言ってるんですよ」

世津は溜息混じりに弥三郎を睨み返し、

「――いいかい。勝馬様には余計なことはするんじゃないよ。それより、ちゃんと後始末しときな。でないと、こっちが三尺高い所に晒されることになるよ」

「へえ。ぬかりなくやりやすよ」

後は任せろと弥三郎は胸を叩いて、玄関を出ると裏門の方へ向かった。

見送る世津の目には一抹の不安が広がっていた。

六

軒看板のない『淡路屋』の周りを、今日も忠兵衛はうろついていた。勝馬が姿を消したのは明らかにおかしい。しつこく探索していた忠兵衛だが、未だにこれといった手掛かりがなかった。

潜り戸から、手っ甲脚絆《きゃはん》に振り分け荷物という旅姿で、由兵衛が出てきた。

「おや、お出かけですかな」

忠兵衛が声をかけると、由兵衛はいつものように平然と、

「ご苦労様でございます。主人も帰郷したことだし、私も心機一転、故郷の山河を見に帰ろうかと思いまして」

と挨拶をして行こうとした。

それを引き止めるかのように、忠兵衛は一緒に歩いた。

「先刻、おたくの裏庭で何か悲鳴のような声が聞こえたようだが、気付かなかったか」

「うちで……さあ、私は何も……」

由兵衛は落ち着いた様子で首を横に振ったが、忠兵衛は舐めるように見ながら、

「おかしいなあ。すぐそこは大横川だ。櫓の音も結構あるのに、それを打ち消すような声だったと……一瞬のことだがな」

「ああ、それなら、もしかして私かもしれません。廊下に落ちていた釘を踏んだものので……あちこち片付けているうちに転がっていたようで……ええ。失礼しました。では、私はこれで」

川沿いの道を竪川の方へ向かって歩くのに、忠兵衛はついて行きながら訊いた。

「この川の対岸にあるお屋敷、知ってるかい。あれだよ」

「え……？」

忠兵衛が指す方を、由兵衛は見た。

「何処のお屋敷か分かるかい」

「――さあ……私はとんと、お武家様のことには疎いものでして」

「そんなバカな。知ってるだろ」

しつこく訊く忠兵衛を振り払うように、由兵衛は先に進んだ。

「故郷に帰るなら、そんなに急がなくても。あれは、元老中・牧野豊後守の下屋敷だ。『淡路屋』が修繕などの材木を請け負ったこともあるし、その近くの橋の普請

も手伝ってるじゃないか。知らないわけがないだろう」

「そうでしたかねえ……」

「とっくに空き家なんだが、夜は灯りがともってる。まだ居残っている者がいるらしいとは聞いたが、誰か住んでるのかい」

「私には分かりません……」

「だが、『淡路屋』が修繕を請け負ったのは、牧野様が江戸から国元に帰った後のことだ。つい二年程前のことだ」

「………」

「で、橋を造ったのも『淡路屋』らしいじゃないか。その橋を架けるときには、由兵衛、おまえも立ち会っているよな」

ほんのわずかに由兵衛の目が泳いだが、すぐに前を向いて、

「どの橋の話でございましょう」

「落ちた橋だよ。牧野様のお屋敷のすぐ目の前の掘割のな。あれだけ大変な事故が起こったのに、ここまで言わないと察しないのは、おかしなことだな」

「………」

「町内からも人が駆り出されて、大騒ぎだったじゃないか。なのに架けた側のおま

えさんが知らん顔とはあんまりだ」

　忠兵衛があえて責め立てるようなことを言うと、由兵衛は頭を下げて、

「申し訳ありません。こちらも賊に入られて、店を畳むことなどに気を取られ、行き届きませんでした」

　と謝った。が、忠兵衛はそれには反応せずに続けて言った。

「しかも、その橋は牧野様に頼まれて、遠廻りするのが面倒だから、すぐ目の前に造った……そうじゃないか。定橋掛りには、そう届けられてるぞ。ああ、江戸市中の橋梁については、ぜんぶ町方の定橋掛りが仕切っているからな」

「………」

「あの橋が造られたのは、牧野様が江戸を離れてからのことだから、何のために〝近道〟を造らなきゃならなかったのかな……しかも、楔をひとつ抜けば落ちるという大仕掛けまで……どうして、そんなものまで造ったのか、牧野様の御家中から聞いてないかい」

「ですから、私は……よく分かりません。主人の三右衛門なら、あるいは知っているかも……」

　言い訳じみたことを述べようとした由兵衛に、すぐに忠兵衛は訊き返した。

「三右衛門は本当に高崎に帰ったのかい」

「ええ……どうして、そんなことを訊くのですか」

「高崎に行くなら板橋宿《いたばし》を通らねばならぬが、大木戸は抜けてない。念のため他の品川や内藤新宿《ないとうしんじゅく》、千住宿《せんじゅ》、船番所なども確かめたが、江戸から出て行った形跡がないんだ」

「……」

「おまえさん、本当に知らないのかい。手代頭の鶴平も帰ってきてないしな」

「申し訳ありません。船の刻限がありますので」

さらに急いで由兵衛は歩き出したが、なおも忠兵衛は追いかけながら、

「船って何処から乗るんだい。竪川から屋形船で遊ぶわけじゃあるまい。上州行きの曳船《ひきふね》に便乗するなら、今日はもうないぞ。中川《なかがわ》の船番所なら方角が違うぜ」

「──旦那……さっきから何なんです……盗賊を捕らえ損ねたのは、町方の旦那たちじゃないですか。お陰で私たちは、店を畳むことになったんですよ」

由兵衛が苛立ったように言うと、忠兵衛はニコリと微笑みかけて、

「だからこうして、〝夜烏党〟をとっ捕まえて、おまえたちが安心して、もう一度、商売ができるようにしてやりたいから……」

「余計なことは結構です。本当にごめんなさいよ」

と由兵衛が決然と先に進もうとすると、行く手に篠原と銀蔵が立った。

「時を稼いでくれてありがとうございやした、角野の旦那」

銀蔵が少し腰を屈めてから、由兵衛に向かうといきなり捕り縄をかけようとした。

「な、何をするんだッ」

「屋敷の中で、鶴平の死体が見つかった。まだ刺し殺されて間がない。その時、おまえは屋敷内にいたはずだ。どういうことか、ちょいと話を聞かせて貰うぜ」

「やめろ」

由兵衛は抗おうとしたが、篠原が十手で胸を思い切り突いた。

「なめんなよ。すっ惚けやがって。粗方、分かってきたよ。おまえは〝夜烏党〟の仲間ってことだ。『紀ノ国屋』から逃げてきたのを、手引きして助けたのは、おまえ。わざわざ人質になった芝居までしてな……そして、密かに一味を逃がしたのもおまえ。鶴平とは仲間割れか何かか。さあ、観念するんだな」

「——知りません。何のことですか」

懸命に由兵衛は訴えたが、銀蔵は手際よく縄で縛り上げた。

「釘を踏んだためだって、ずっと言い通したら如何《いかが》かな、番頭さん。釘を踏んだ痕を、見せてやったらいいよ」

忠兵衛がそう言って微笑みかけると、由兵衛は悔しそうに地面に唾を吐いた。


そんな捕り物の様子を——。

牧野豊後守の下屋敷から、塀と川越しに、勝馬が見ていた。声を上げようとしたが、どうせ届かないと思ってやめた。どうやら、世津が文を届けてくれたので、動いてくれたのだなと思った。

——それにしちゃ、手際が良すぎるが……ま、いいか……。

勝馬は安堵の溜息をついて、

「早く、こっちにも迎えに来てくれよなあ……いや、事件が片付いたのなら、しばらくはこのお大名の屋敷も悪くない。世津さんも優しい人だし……」

と独り言を呟いていると、何処かから「ううっ」という苦痛の声が聞こえた。廊下の先にある離れの方からする。

ゆっくりと足の悪い年寄りのように歩きながら、勝馬は離れに近づいた。たしかに呻き声がしている。柱に凭《もた》れかかるようにして、障子戸を開けると、その中には、後ろ手に縛られ、猿轡《さるぐつわ》をされた三右衛門がいた。

「⁉——」

三右衛門はすっかり憔悴しており、失禁したのか床が濡れている。

「おまえは、たしか『淡路屋』の……どうして、こんな所に……何があったんだ」

近寄ろうとすると、三右衛門は恐怖に引き攣った顔になり、激しく首を振っていた。それでも、勝馬は助けたい一心で、一歩一歩、近づいていった。

その時——。

「見てしまったのですね……」

と世津が入ってきた。その切なくて悲しそうな表情は一瞬のことで、少しずつ能面「橋姫《はしひめ》」のような険しい顔に変わっていった。

「あなたのためです。大人しくしてないと、殺されてしまいますよ……あなたが見たという『淡路屋』の鶴平みたいにね」

訳が分からず、勝馬は目を丸くして、世津を見ていた。

「どうか、部屋に戻って、このことは知らぬ顔をしておいて下さい」

「いや世津さん……これはどういうことなんだ……あなたは牧野家の奥女中頭ではないのですか……三右衛門さんは何故、ここに囚《とら》われているのです」

「いいから。さあ、こちらへ」

世津は近づいてきて、勝馬の手を引こうとした。だが、逆らった勝馬は、力任せに振り払った弾みで、近くの襖に倒れ込んだ。そこは化粧部屋になっており、その中には千両箱が幾つもぞんざいに置いてあった。

しかし、それらはいずれも空箱で、側には縄梯子や踏み台、鑿《のみ》や鑢《やすり》、鎖鎌や色々な形をした鍵束、刃物や鉄の棒など物騒なものが捨て置かれていた。

それを目の当たりにした勝馬は、ハッと世津を振り返って、

「まさか、世津さん……あなたは盗っ人の仲間なんて言い出すんじゃないだろうね」

「……………」

「そういや……」

勝馬は、鶴平を追ってきたことや渡ろうとした橋が崩落したことなどを、閃光のように思い出した。

崩落する寸前、ひらりととぶように逃げ去った鶴平が、ほんの一瞬、振り返ったが、知らぬ顔で逃げた姿も脳裏に蘇った。

――そうか、あの橋は……。

事態を察した勝馬は、世津に向かって、

「どうして、こんなことを……この屋敷は空き家で、〝夜鳥党〟が隠れ蓑《みの》に使っていたんだな。だから物音もせず静かだったんだ」

「………」

「たしかに、奥女中がひとりだけで、俺なんかの世話をするのは妙だとは思ったんだ……だが、こっちも体が痛くて思うようにならないから、あんたの言いなりになってた」

「ですから、大人しく寝ていてくれれば良かったんです」

世津は一転して冷ややかな声で言った。

「ひと仕事終えたから、あなたをここに置き去りにして、私たちは江戸から消える……そのつもりだったのに」

「な、なぜだ……なぜ、盗賊の仲間なんかに……俺の親父が助けたってのも、作り話だったのか、世津さん」

声の限りに勝馬が迫ろうとしたが、世津は硬い表情のまま、

「いいえ。本当のことです。たしかに、北内の旦那のお陰で、命拾いしました。でもね……人は生まれ落ちた星の下ってのがあるのですかねえ……」

「………」

「通りゃんせ、通りゃんせ……何も考えず、良いことがあると思って、心地よい声に誘われて行くとね……行きはよいよい、帰りは怖いってね……橋を渡ったらドボンと落ちてしまった……あなたみたいにね」

世津は来し方を顧みるように静かに語った。

「あなたの父上のお陰で生き長らえたけれど、待っていたのはやはり苦界……性悪の男に捕まってね……また死にたくなったのさ」

「……………」

「でもね、そんなときに現れたのが、笹之助《ささのすけ》だったんだ。ああ、〝夜烏党〟の頭目だよ……岡場所暮らしの私を一夜抱いただけなのに、よほど気に入ってくれたのか、五十両もの大金を女郎屋の主人に払ってくれた」

悲しみを帯びた顔で、世津は続けた。

「こんなおばさんがって腹の中で笑ってるんだろうけど、やはり私も女だったのさ……産んだ子供のことも忘れるほど、私は笹之助に大切にされたよ……あなたの父上は、蕎麦を食わせてくれただけだけど、笹之助は一生面倒を見てくれるような優しい人だった」

「……………」

「だから、私は笹之助のためならって、命を懸けてきたんだ……もっとも、もう随分前に病で死んじまったけどね」

「だったら、〝夜烏党〟の頭目は……」

「そんなことは、どうだっていいじゃないか……盗みは大罪。あなたはそんなふうに言ったけどさ。盗んだ金は困った者に分け与えてるんだ。貰った方もお互い様だ」

鼻で笑う世津に、勝馬は必死に訴えた。

「違う。あんたは、そんな人じゃない。俺には分かる。でないと、俺を助けるわけがない。たった一度の親父の恩のために、こんな危ない橋を渡るわけがない」

「……」

「だから、お上にも慈悲がある。恐れながらと申し出れば、救われる道はある。もし、鶴平って奴を殺した番頭も仲間なら、忠兵衛さんらがもうとっ捕まえてる。もはや、逃げも隠れもできないぞ」

必死に訴える勝馬だが、余計に世津は頑《かたく》なな顔になって、部屋の片隅にある行灯に火をつけた。そして、廊下に一旦出ると、油桶を持ってきて、その周りにトクトクと撒《ま》き始めた。

「何をする……」

「――情けをかけなきゃよかった……すんでのところで、弥三郎にもまるで裏切り者扱いされるところだったよ」

「弥三郎……？」

「命の恩人の息子の命を消すのは忍びないけれど、私が許したとしても、仲間があんたを殺すと思うよ……せめてもの罪滅ぼしに、私が手にかけることにするよ」

部屋中に油を撒き終わるのを、勝馬は不自由な体で見ているしかなかった。

「恨まないでおくんなさいよ……どうせ帰り道の橋はないんだから」

世津はトンと行灯を倒した。一瞬のうちに火の手があがり、炎が広がっていった。

勝馬は恐怖に引き攣る三右衛門を、何とか助けようと懸命に立ち上がろうとしたが、世津はその勝馬を押し倒して、廊下に逃げた。

七

廊下に出た世津を待っていたのは、弥三郎だった。しっかりと体を受け止めて、

「さすがは、姐さんだ。しっかり締めるところは、やはり笹之助親方の女房だ。さ

あ、早いところ、ずらかりやしょう」

と裏手の方に誘った。

世津は一瞬、離れの方を見たが、弥三郎について行った。

勝手口に繋がる庭には、数人の子分衆がいて、すでに旅姿となっている。

「姐さん、大丈夫ですかい」

「ああ。このとおり、無事だよ。おまえたちもご苦労だったね」

サッと打ち掛けを脱ぎ捨て、小袖姿になった世津は、子分たちが用意していた菅《すげ》笠《がさ》を被り、勝手口まで行こうとした。

「本当なら、由兵衛と落ち合うはずだったが、ヘマをやらかしたようだ。申し訳ないが捨て置いていくしかないかねえ」

世津が情けをかけて言うと、弥三郎は当然のように、

「てめえのことは、てめえで始末をつける。それが俺たちの流儀でさ」

「仕方がないかねえ」

「あいつが捕まったところは俺も見てたが、姐さんが勝馬の文を渡さなくても、町方は薄々、勘づいていたみたいだ。さあ、急ぎましょ。火の手が上がれば、人が集まる。さあ、早く」

一斉に向かおうとすると、

「待ちやがれ！」

と勝馬が追ってきた。しかも、足や腰の添え木を外して、三右衛門を背負っている。その背後の離れは、柱や天井にも炎が燃え移るほど大きくなっている。まさに火事場の馬鹿力である。

振り返った弥三郎は腰に差していた長脇差《ながどす》を抜き払い、

「やろう。せっかく気持ちよく始末しようと思ってたのによう……俺だって汚ねえ血は見たくねんだが、仕方がねえ」

と斬りかかっていこうとした。

その腕を摑んで、世津が必死に止めて、

「笹之助の信条を忘れたのかい」

「放せ。そんなことを言ってる場合か。こっちの首が……」

言いかけた弥三郎の足に、シュッと鎖鎌の分銅が飛んできて絡んだ。勝馬が離れから持ってきていたのだ。グイッと引っ張ると、あっさりと弥三郎が転んだ。

「おまえが〝夜烏党〟の頭目なんだな」

「やろう、放せッ」

「刺し違えてでも、おまえだけは逃がさねえからな」

弥三郎は必死に這い上がろうとしたが、また勝馬が鎖を引いて倒した。まるで油でも撒かれているかのように、滑る廊下だった。勝馬は鎖を手繰り寄せるようにして、弥三郎に近づく。

「おまえたち、何をボサーッとしてんだい。やっちまえ！」

と弥三郎が命令したが、子分たちはなぜか躊躇《ためら》っている。どうやら盗みはすれども非道はせずという掟《おきて》が徹底していたのか、あるいは怯えているのか、すぐには動けなかった。

「今し方、てめえのことは、てめえで始末をつけろって言ったのに」

世津はそう言いながら、子分たちを押しやって、

「おまえたちは先に行きな。グズグズしていると捕まっちまうよ」

「でも、姐さん……」

中のひとりが言った。みんな形《なり》は一人前だが、まだ若い顔をしている。

「早く行きな。でないと、亭主に叱られちまうよ。おまえたちを助けたのも、笹之助なんだからさ。さあ、行きな」

世津が怒鳴りつけると、若い衆たちはそれぞれが勝手口の方へ逃げ出した。する

と、世津は安堵したように、勝馬に向かって、

「あの子らも私と同じでね、不幸な星の下に生まれたのさ。親に棄てられ、いや棄てられるだけならいいけど、殺されかけたのもいる。握り飯を盗んだだけで、お上には百敲《たた》きだ」

「……」

「この世の中には、生きてちゃ駄目な人間なんかいないんだよッ。あんたの親父だって、そう言ったじゃないか」

「屁理屈はいいよ、世津さん……俺は同心として……あんたたちを捕まえるだけだ」

勝馬はシッカリと鎖を握りしめたまま、一歩一歩、痛みに耐えながら弥三郎に近づいていった。弥三郎も足をバタバタとさせながら、廊下に落とした長脇差を拾おうとしたが、さらに引っ張られて手が届かなくなった。

「姐御！　こんな奴、さっさと殺してしまわねえかッ」

弥三郎が怒鳴りつけると、世津は懐刀を抜き払って、「その手をお放し」と言いながら、三右衛門の方に駆け寄った。そして、その喉元にあてがうと、

「お願いだよ、勝馬さん……でないと、三右衛門は死ぬ。私も人殺しになる」

と声を張り上げた。

「――今のあんたの姿を親父が見てたら、助けるんじゃなかったと思ってるかもしれない……理由は知らないが仲間まで殺した。盗みはすれども非道はせずとは程遠いぜ」

「手を放しなさい。でないと、本当に……」

世津は三右衛門の喉に切っ先を向けた。だが、勝馬は動揺せずに、

「ふん……また騙されるところだった……どうせそいつも仲間で、番頭の由兵衛のように芝居をしてるんだろ。隙を見て、こっちがグサリとやられるところだった」

と言うと、三右衛門は違うと必死に首を振った。

「やれるものなら、やってみなよッ」

勝馬が声を張り上げると、一瞬、世津はたじろいだ。

「仲間ならそれでよし、関わりなきゃ、あんたも磔は間違いない」

まるで賭け事でもするかのように、勝馬が促したときである。一瞬の隙に、弥三郎が鎖を逆に引いて、足腰の弱っている勝馬を倒した。支えることもできないまま、前のめりになった勝馬に向かって、

「くらえ。このやろうッ」

と長脇差を拾い上げた弥三郎は斬りかかった。

まったく防御ができない勝馬の背中に跨るような格好で、弥三郎は長脇差を振り下ろそうとした。その時――サッと間に滑り込むように入ったのは、世津だった。

「ああっ――！」

バッサリと背中を斬られた世津は、勝馬の上に折り重なるように倒れた。

それはまるで母親が子供を背後から庇うような姿だった。

「てめえ、邪魔しやがって！　だったら一緒に死ね！　串刺しにしてやらあ！」

弥三郎は長脇差を持ち直して、世津の体越しに勝馬を突き殺そうとした。

その顔に小柄《こづか》が飛来して、目に突き立った。

「うぎゃあ」

と悲鳴を上げて仰け反った弥三郎のもとに、素早く走ってきた篠原が峰打ちでガツンと肩を叩き落とした。

背中から倒れて呻く弥三郎を、後から乗り込んできた捕方たちが取り押さえて、身動きひとつできないようにした。もちろん、屋敷の勝手口ではすでに、盗賊一味が一網打尽になっていた。

勝馬の背中では、虫の息の世津が最期の力を振り絞るように、

「――ごめんね……母ちゃん……あんたを守れなかった……ごめんね……」

と囁いて息絶えた。

病死させた子供の顔でも思い浮かべたのだろうか。それとも、成長した子の姿を勝馬に見ていたのであろうか。

『咄嗟のことだったのかもしれません……咄嗟のときに出る行いや言葉が、その人の本性だと言います……』

と話していた世津の声が蘇った。

勝馬は母親のような温もりを背中に感じていたが、助けることができなかったのが無念で、その場で泣き崩れた。

翌日――。

まだ足腰や頭に添え木や包帯をしたままの姿で、勝馬は出仕した。年番方らが集まって手を貸していたが、通りかかった篠原は不機嫌な顔で文句を言った。

「おまえがもっときちんとやってりゃよ、事の真相はもっと早くに分かったし、死なずに済んだ者もいるんだ」

「おっしゃるとおりです。申し訳ございませんでした」

「買い被ってたようだな。おまえはやはり、永尋が似合ってる。そうお奉行にも改めて伝えておくよ」

「助けて下さって、本当にありがとうございました」

「角野があの屋敷のことに気付かなければ、おまえが死んでたかもな。由兵衛がゲロしたのは、弥三郎が捕まった後のことだからな。命拾いしたな」

「感謝いたします」

勝馬が深々と礼をしようとして、また倒れかかったのを、年番方が支えた。篠原は小馬鹿にしたように苦笑し、

「そんな姿で来てもな、足手纏いだぜ。探索の邪魔だけはするな」

と言って立ち去った。

永尋書留役の詰め部屋に、ようやく辿り着いた勝馬だが、忠兵衛の姿がなかった。仕方なく文机に座ると、釣り竿と書き置きがあった。忠兵衛のしたためたものだ。

――これは魚を釣る道具である。

とだけ書いてあった。

「なんだ……？」

勝馬は首を傾げたが、落とした掘割の瓦礫の中から拾い上げていたのだと思った。

「ふむ……それで、あの辺りが怪しいと、牧野豊後守の屋敷にも勘づいたのかな……だったら、もっと早く来てくれよ」

愚痴っぽく呟いたが、しつこく『淡路屋』の周りをうろついていた忠兵衛の姿を思い出した。

その『淡路屋』も三右衛門が引き続き商売をすることとなった。番頭の由兵衛と手代頭の鶴平は、三右衛門が見出した者だが、まさか〝夜烏党〟と繋がっているとは思ってもいなかったらしいと、定町廻りの者たちから耳にしていた。

「それで安心して、忠兵衛さんは鯉でも釣りに出向いたわけかよ……裁許帳は俺に書いとけってことか」

不満を言いながらも、勝馬は感謝していた。ただ、父親が助けた世津を救えなかったことは、いつまでも心の奥に澱《おり》として残っていた。

第四話　優しい嘘

一

日本橋の高札場《こうさつば》には、本日、市中引き廻しの刑が行われる旨が記されていた。

下手人が十日程前に、通りすがりの者を刃物で殺し金を奪って逃げたという単純な事件であった。南町奉行所の定町廻り同心らが懸命に探索したところ、内藤新宿から甲州路《こうしゆうじ》を逃げようとした寸前に捕らえることができた。

本人は「俺じゃねえ」と犯行を認めなかったが、残されていた刃物や煙草入れ、普段の行いや他の者たちとの揉め事から、これまでも散々、岡っ引の世話になっていたため疑われたのだ。

決め手は、殺された商人の財布を持っていたことだった。もちろん中身の十数両

も入ったままだった。当人は、

「奇特な商人で、困っていたらくれた」

などと、お白洲でも与太話をしていたが、色々な証拠によって、大岡越前が引き廻しのうえ磔と裁決したのである。ひとり殺しただけでも極刑とはいえ、磔とは重い刑だと誰もが思ったが、近頃はやたら殺しが多いので、厳しい沙汰にしたとのことだった。

馬上に乗せられた下手人は、南町奉行所を出ると、決まった順路を歩き、高札場に程近い米問屋『萩乃屋《はぎのや》』の真ん前を通る。

米問屋というより、量り売りをしているような小さな店構えで、主人夫婦の他には手代がひとりいるだけだ。

野次馬が店の前に集まって、今か今かと引き廻しの行列を待っていた。

その店の中では、気弱そうな主人・志之助《しのすけ》が精米したりしていたが、女房の千里《ちさと》は興味津々とばかりに、野次馬に交じって背伸びをして眺めていた。

間もなく臨月を迎えるのか、お腹が大きく突き出ている。

「あ、来た来た。おまえさん、ほら、来たよ。同心や捕方たちも一緒だよ。ずらり行列が来た……うわあ、悪そうな顔」

まるで花道を通る歌舞伎役者でも見るような軽い態度で、千里は見ていた。つられて手代も店の表に出た。

「おまえさんも来てみなさいよ。うわあ、石でも投げたくなるわ」

千里は思わず言った。

むろん投石は御法度である。その場で捕らえられて牢獄に連れていかれる。だから、どんなものでも投げつける者はいないが、罵声を浴びせるのは勝手である。集まった野次馬たちは、日頃の憂さを晴らすかのように、「死ね」とか「地獄に堕ちろ」とか思い思いの言葉で怒鳴っていた。

だが、志之助は見ないどころか、振り返ることもしなかった。

「ねえ、おまえさん……」

千里が手招きしながら声をかけたが、背中を向けたままである。真面目に仕事をしているのはいいが、千里は気になって、

「どうしたんだい、おまえさん……こんなの滅多にないんだから、見れば？」

「悪党の面《つら》を拝んでなんになる。験《げん》が悪いだけじゃないか……ゴホゴホ」

軽い咳をする志之助を、千里は女房らしく労《いたわ》りながら、

「そうかもしれないけど……ほんと、おまえさんたら、少しも休まないで仕事ばっ

かり。根詰めすぎると、お医者さんのお世話になることになるわよ」

「閻魔《えんま》様のお世話になるよりマシだろ」

「もう、それこそ縁起でもないことを……あ、これ、錦先生のところのね。私持ってく」

「お腹の子に障るから、万吉《まんきち》に……」

志之助は止めようとしたが、千里は軽々と持ち上げて笑った。

「大丈夫よ。これくらい、へっちゃら。赤ん坊のためなら、えんやこら」

随分と朗らかな女房のようだ。千里は、引き廻しの騒ぎが収まり、野次馬が散っていくと、三升程入った米袋を抱えて、店から飛び出していった。


南茅場町の大番屋に程近い一角に、南町奉行所の番所医もしている八田錦の診療所はあった。八田家は代々、御家人でありながら医学にも精通していたが、錦は〝長崎帰り〟で蘭学にも通じていた。時に検屍も行う。

だが、ふだんは町場にあって、小石川《こいしかわ》養生所さながらに、貧しい人々を薬代もとらず診ているとの評判だった。破寺《やれでら》を借りて深川診療所を営んでいる藪坂清堂が師匠だけあって、病のある身寄りのない年寄りや捨て子なども預かりながら、粉骨砕身で医は仁術とばかりに頑張っている。

掘っ立て小屋同然の診療所には、今日も大勢の人々が押し寄せており、縁側には診察待ちの老人がずらりと並んでいた。

奥の一室では、錦先生が丁寧に診ているが、手伝いは若い娘のお滝《たき》ひとりである。手伝いに勤しんでいるが、まったく辛そうな顔をしないどころか、にこやかで爽やかな笑みを振りまいている。

このお滝を目当てに、勘違いしている男たちもいる。病気でもないのに集まることもあった。もちろん、錦先生も美形の女医師であり、立ち居振る舞いはいつも颯爽としているため、

「それが、えも言われぬ色気なんだよなあ」

と鼻の下を伸ばしている患者もいる。

むろん、〝女所帯〟の診療所でも不逞《ふてい》の輩が近づかないのは、よく町方同心なども立ち寄るからであった。それゆえ、下心だけで近づいてくる輩は、下手をすると理由をつけてお縄になることもある。よって、悪い奴はあまり来なかった。

「ちょっと寒くなったから、風邪引かないように厚着して寝るんだよ。はい、三日分の薬。ちゃんと忘れないで飲んでね」

お滝の素直な態度は、年寄りからすれば孫みたいに感じられていた。

「本当なら、おにぎりとかお粥とかの炊き出しもしたいんだけど、近頃、ほら、ちょっとお米の値段が上がったからさ、ごめんね」

謝るお滝に、患者の婆さんたちが、

「何を言うの。お米が高くなったのは、お上が悪いから。お滝ちゃんのせいじゃないよ」

「そうだよ。いつもご馳走になってばかりじゃ悪いから、今度は何か持ってくるね」

「私たちは、錦先生やお滝ちゃんのお陰で生きてるんだから、感謝してるよ」

「そうそう。私たちには、お滝ちゃんの笑顔が一番の薬だよう」

などと誉め称えるたびに、誰もが賛同の声を上げて、「錦如来《にょらい》にお滝菩薩《ぼさつ》」と親しみを込めて呼んでいた。

そこに――、

「こんにちは、『萩乃屋』です。先生、持って来ました。大丈夫。これで、ちょっとは足しになりますかねえ」

お滝よりも明朗快活な千里を、患者たちもよく知っていた。

「あら、千里さん……こんな重いものを」

錦が診察を中断して、千里に近づいて来ながら声をかけると、

「お腹の子に比べれば軽いもんですよ」

「千里さんの力持ちは知ってるけど……わざわざ、ありがとうね」

「いいえ。産婆さんが来てくれることになってるけど、先生にもお世話になるかもしれないから、お米くらい、うちが用意します。だって米屋だもん」

遠慮しなくていいと千里が言うと、お滝も同じような明るい顔で、

「やったあ。これで飢えずに済みます」

「冗談でもそんなこと言わないの。先生、男の子か女の子か分からないけど、女の子なら、先生のようなシャキッとした女医者になって貰いたいので、よろしくお願いしますね」

「お安い御用よ」

病人が並んでいながらも、いつもの和やかな光景が流れていた。

その夜——。

在宅で治療を受けている患者を、錦は何軒か廻った。お滝も随行したが、その帰

り道、木挽町《こびきちょう》辺りでのことである。

「今日も沢山、働いたなあ……たまには、どうよ。あの赤提灯で一杯」

行く手に居酒屋がぽつんと見える。ちょっと男勝りな錦は、大工や職人らが立ち寄るような店も好きである。お滝は男衆から、からかわれるのが嫌いなので、あまり近寄らない。

「でも、先生と一緒なら……あれ？」

何か落とし物をしたと、お滝は錦に先に行っていてくださいと頼んで、来た道を戻った。数間、歩いたときである。

近くの路地でガタッと物音がした。お滝が何気なく覗くと――商人風の男がふたり、揉み合っているのが見えた。ひとりは体格がガッチリしており、もうひとりは痩せていた。

目を凝らしたお滝が立ち尽くしていると、ウッと呻き声があがって、痩せた方の男がその場に崩れた。仰向けに倒れた男の胸には、匕首が突き立っていた。

声も発することができず、お滝が棒立ちになっていると、気配を察したのかガタイのいい男がギラリと振り向いた。

お滝からは月明かりで微かに男の顔が見えるが、相手からは見えにくいようだった。

「誰でえ……」

嗄《しわが》れ声で男が近づこうとした時、錦が戻ってきた。

「店が一杯でさあ。違う店にしようと思って……何を落としたんだい」

その声が聞こえたのか、体格のいい男は刺した匕首をそのままにして、路地の向こうへと走り去った。

入れ替わるように来た錦に、お滝は倒れかかるように、

「先生……あれ……」

と指さすと、人が倒れているのが見える。お滝は、すぐに駆け寄ろうとした錦の腕を摑んで、

「だめ。まだ近くにいるかもしれない」

「誰が」

「刺した人が」

「あなた……見たの――!?」

錦は構わず駆け寄った。商人風の痩せた男はもろに胸に匕首を突き立てられている。

即死だったのであろう、男は目をカッと見開いたままだった。まだ温もりのある亡骸の目を閉じてやり、錦は直ちに検屍をするかのように死体を検め始めた。

二

殺された商人の身許はすぐに分かった。

『岩国屋《いわくにや》』という米問屋の主人・奈良右衛門《ならえもん》だった。年はもう還暦を過ぎているが、若い頃から気骨ある商人として、日本橋界隈ではちょっと知られていた。米の値が高いこの時世にあっても、できるだけ安くすることを提唱し、実践していた。

『萩乃屋』の志之助も、『岩国屋』から仕入れているからこそ、錦の診療所に来るような人々を救うことができるのだ。地震や火事などの災害の際に、真っ先に大がかりな炊き出しをするのも、奈良右衛門だった。

事件の噂はすぐに広まっていた。

錦に連れられて南町奉行所を訪れたお滝は、定町廻り筆頭同心の篠原恵之介から尋問を受けることになった。

いつも周りを明るくする朗らかなお滝とは打って変わって、どんよりと曇った顔つきだった。それは仕方があるまい。まだ娘盛りの若い女が、衝撃的な現場に遭遇したのだ。狼狽《ろうばい》するのは無理もない。

「怖がることはない。錦先生の内弟子なんだから、俺たちがちゃんと守ってやる。見たままのことを話してくれ」

お滝は帯に挟んでいた、母親の形見のお守りを落としたようなので探しに行こうとした矢先だった。その時、路地で人が揉み合っており、直後に刺されたと話した。

その話を補うように、すぐに死体を検分した錦が状況を説明した。もちろん、直後に近くの自身番に担ぎ込み、改めて篠原立ち会いのもとで検屍をした。

「で……相手の顔は見たのかい」

「……」

「錦先生の話では、おまえに向かって来そうなのをチラリと見たとか。そしておまえは、まだ近くにいるかもしれないと注意までした……怖がることはない。どんな奴だった」

お滝は少しの間、考えていたが、意を決したように、

「見ました……ここに……傷のある人でした……怖い顔でした」

と言いながら自分の右頬を指した。

「てことは、その筋の奴かもしれぬな。他には何か特徴はなかったかい」

「大柄で、ごつい体つきでした。強そうで、とても怖かったです。あ、それから……顎の所に大きな黒子《ほくろ》があったような……でも、それはハッキリとは見えませんでした。薄暗かったし、何かの影かもしれないし」

「そうか。何処の誰かまでは分からないな」

小さく頷くお滝に、篠原はいつになく優しい声で、

「後はこっちで調べる。もし捕らえることができたら、面通しできるな。相手からは見えないようにするから安心しな」

「はい……」

お滝は不安な顔で少し震えていたが、その肩を錦がしっかりと抱きしめてやった。

奉行所でお滝が話したことは、すぐに高札場に〝人相書〟として張り出され。読売でも、『岩国屋奈良右衛門殺しの下手人』として、江戸市中のあちこちにばらまかれた。

その人相書を、永尋書留役の詰め部屋で、忠兵衛も手にしていた。

「何処かで見たことがあるような……ないような……」

呟く忠兵衛の肩越しに見ながら、勝馬も溜息混じりに、同じことを言った。

「真似するなよ」

「同じ感想なんだから仕方がないじゃありませんか。でも、こんな人相書のような男なら、すぐに見つかる気もしますけどね」

「刀傷さえなきゃ、なかなかの優男……おまえに似てる気もする」

「そうですか。こんなに人相悪くないですよ。でも、怖かっただろうなあ、お滝ちゃん」

「おまえ、ちゃん付けする仲なのか」

「ただの敬称ですよ」

「ちゃんは敬称じゃないだろう。まさか、おまえ、お滝を出汁にして、錦先生に近づこうって魂胆じゃないだろうな」

「ゲスの勘繰りっていうんですよ、そういうのは……」

　勝馬は制するように忠兵衛の肩を軽く叩いて、

「もしかして、忠兵衛さんも〝ほの字〟ですか」

「バカバカしい」

「でも、奉行所中の憧れじゃないですか。私も悪くないと思ってますけどね、勝ち気な女はどうも苦手です」

「向こうが相手にしまいよ」

忠兵衛が文机に置いた人相書を、勝馬は横合いから取り上げて、

「暇なので、探してみます。事件があったのは木挽町。この辺りからも、さほど遠くない所ですからね。地廻りかもしれません」

「だな……」

「なので、意外と早く見つかるかもです」

何が楽しいのか、勝馬は過日の怪我のこともすっかり忘れて飛び出していった。


「——揉み合ってたってことは、顔見知りかもしれないしな……」

勝馬がまずは被害に遭った『岩国屋』を訪ねてみると、篠原が来ていた。忌中の真っ直中の悲嘆に暮れている番頭に向かって、偉そうに問いかけていた。

「旦那が殺されたんだぞ。ひとつくらい心当たりはないのか」

「ありません……あんないい人は他におりません。私も大変、世話になっておりました。未だに信じられません」

「この面だよ。見たことねえか」

一緒にいた銀蔵が人相書を差し出すと、番頭は首を傾げるだけだった。

「流しの犯行なのか、恨みなのかはまだ分からねえが、京橋であった米問屋組合の寄合の帰りらしいじゃねえか」

「そうです。私も一緒に行くんだった。いつもなら手代か小僧は連れているのですが」

何故このようなことになったのかと、番頭は嘆きながら、

「米の相場が上がりましても、こんなに高くては人々が苦しいだろうと、儲けを考えずに、安く分けておりました……なのに、どうしてこんな目に遭わなきゃいけないのか……」

と泣き崩れた。

奈良右衛門にも妻子がおり、これからのことも大変だろうが、突然の悲報に店の者は打ちひしがれていた。

店の表で、勝馬は聞いていたが、「ごめん」と入って、いきなり番頭に問いかけた。

「米問屋組合の寄合と言ったな。その折に参加した者の名を教えてくれ」

「えっ……」

「たしか京橋の米問屋会所《かいしょ》と、事件のあった木挽町とはさほど遠くないとはいえ、

家に帰るとしたら道が違う。他に誰かと会う約束でもしてたんじゃないかとな」

「いいえ。そのようなことは聞いておりませんが……たしかに遠廻りですね」

「遠廻りどころか、逆方向だろう」

勝馬が問い詰めるように言うと、篠原がズイと押しやるように、

「おまえ、いつから定町廻りになったんだ」

「なってませんよ。永尋書留役です」

「だったら余計なことをするんじゃねえ」

「いえ、永尋の探索です。この人相書の男、何かの事件で見たような気がしますし、幾つか〝くらがり〟に入ったままの殺しもあるので、それと関わりがあるかも、ですので」

「いい加減なことを。どうせ、角野に唆《そそのか》されたんだろうが」

「唆す……何をです」

「此度の事件は、錦先生が絡んでいるから、いい顔をしようって魂胆だよ」

「まさか。篠原様……それこそ穿《うが》った見方です。角野様は聖人君子、とまでは言いませんが、人をあれこれ差別する人じゃありませんよ。つまりは……」

「つまりは……？」

「色眼鏡をかけて探索はしないということです」

勝馬は篠原を諭すかのように言った。

「たしかに、お滝は恐ろしいところを目撃しましたが、なんといっても夜も更けていた刻限。辻灯籠もない路地なのに、月明かりが射し込んでいたとはいえ、この人相書ほどハッキリと見たとも思えません」

「嘘をついておるというのか。何のために」

「そこまでは申しておりません。ですが、物証といえば匕首しかない。探索は慎重にすべきだと思いましてね」

「俺たちに慎重さが欠けるとでも……おまえも言うようになったじゃねえか」

篠原はドンと押しやって、

「上等だ。どっちが早く下手人を捕らえるか勝負しようじゃねえか」

「ですから、その考えがもう間違ってます。早い者勝ちじゃないでしょ。真相を暴くということが大事なのです」

「減らず口を叩きやがって……」

十手で小突く真似をしたとき、「篠原の旦那」と下っ引が駆け込んできて、耳元で何やら囁いた。途端、篠原は勝馬にニンマリと笑いかけて、飛び出していった。

篠原が駆けつけてきたのは、さほど離れていない本湊町《ほんみなとちょう》の矢場《やば》だった。目の前には渡しがあって、対岸は寛永《かんえい》年間から船手頭《ふなてがしら》・石川八左衛門《いしかわはちざえもん》の一家が代々、住んでいる島だ。後に人足寄場になる石川島である。

大店の蔵が並んでおり、船頭や水主《かこ》らが立ち寄る飲み屋や飯屋、蕎麦屋などが軒を連ねている。その一角には、矢場など遊興の店もあった。

矢場の店内で——ギリギリッと弓を引いた男は、まさしく人相書の顔だった。シュッと放った矢は、的のど真ん中に命中したが、その喜びも束の間、男の眼前に十手が突きつけられた。

銀蔵が持つ十手である。その後ろには、篠原が立っており、

「これが、あちこちに張り出され、読売まで出てるってのに、余裕だなあ」

と人相書をチラチラと振って見せた。

「神妙にしな。岩国屋奈良右衛門殺しの咎で捕らえる」

「な、何をバカな……俺は関わりねえ」

一瞬にして真っ青になって狼狽する男の顔には、深い傷があり、顎には大きな黒子もある。間違いなく、お滝が見たという男である。篠原は躊躇うことなく、縄を掛けろと銀蔵に命じた。

「観念しやがれ」

銀蔵が縄で縛ろうとすると、男は突き飛ばして逃げ、ふいをつかれた篠原をも蹴倒して店の表に駆け出た。

だが、そこには勝馬がおり、脇で抱えるように投げ飛ばした。

地面で背中をしたたか打った男は、悲鳴を上げたが、すぐに追って来た銀蔵に縄で縛り上げられた。篠原は蹴り返して、

「てめえ。同心を蹴って御用十手から逃げただけでも立派な罪だ。覚悟しろよッ」

篠原の方が凶悪な顔に歪んだ。

三

南茅場町の大番屋に引っ張ってこられた男は、いわゆる無職の遊び人で、半蔵《はんぞう》という男だった。博奕《ばくち》で飯を食っているとの評判で、自分の名前が半蔵だから、「半」の一点張りで儲けているとのことだった。

どこまで本当か分からないが、鉄火場で博奕を常習でやっており、かつては盆茣《ぼんご》蓙《ざ》を取り仕切っていたとも言われている。仕事は持たないが無宿者ではなく、特に

仕えている任侠《にんきょう》道の親分もいない。つまりは、本当のはぐれ者というわけだ。

「やってねえって、言ってるだろうが！　何遍、同じことを言わせやがるんだ！」

半蔵は体を大きく揺すりながら怒鳴った。

大番屋のお白洲には、吟味方与力の藤堂が臨席して、まずは捕縛してきた篠原の取り調べを見ていた。

「おまえが殺したのを見た者がいるんだ」

「だから、知らねえってんだろうがよ。誰だ、俺を見たって奴はよッ。俺が殺したってんなら、証拠を出せ、証拠を」

「奈良右衛門の亡骸に刺さっていた匕首だ。柄の所は白木のまんまで、あまり使われてないものだが、何処で手に入れた」

篠原が匕首を目の前に突きつけ見せると、半蔵は知らないと首を振って、

「俺のじゃねえ」

「ほう。おまえ、持ってるのか。こんな物騒なものを。なら、出してみろ」

「持ち歩くわけがないじゃねえか」

「もうおまえが住んでる長屋も、銀蔵らが洗ってる頃だろうが、証拠は他にも出てくるだろうぜ。たとえば返り血を浴びた、おまえの着物とかな。どうせ、何処かに

棄ててるだろうがな」

「やってねえよ」

半蔵は大声で怒鳴り続けた。

「なんで俺が『岩国屋』を殺さなきゃならねんだ。会ったこともねえ奴だぜ」

「会ったこともない……妙だな。おまえは何度か『岩国屋』に行ってるはずだ。番頭がおまえの顔を思い出したよ」

「………」

「しょっちゅうではないが、たまに来ていたとな」

「それは……米にありつくためだ。時々、只《ただ》で配ってるじゃねえか、店先でよ。それを貰いに行っただけだ」

「ふん。賭場で切った張ったを稼業にしている奴が、せこい話だな。そんなこと誰が信じる。どうせ、脅しにでも行ってたんだろ」

「旦那じゃありやせんよ」

「なんだと」

「篠原の旦那こそ、あちこちで袖の下をねだってるって噂ですぜ」

「このやろう。言うに事欠いて！」

思わず十手で半蔵の頭を叩いた篠原を、藤堂は制止して、

「ならば、何故、矢場から逃げようとした。しかも役人を殴ったり蹴ったりして」

「それは……俺ら博徒は何となく、お上が嫌いで……」

半蔵は情けなさそうに首を垂れた。

「疚しいことがなければ、篠原たちから逃げることはなかろう」

「だから、それは……」

「おまえは今し方、証拠を出せと豪語したが、目撃した者がおることは、大きな証拠だ。おまえは、見られた瞬間、その者に向かって行こうとした。たまさか、連れの者の声を聞いて、おまえは逃げた」

「嘘だ。出鱈目も大概にしてくれ」

必死に頭を振る半蔵の様子を——控えの間から、勝馬と錦に付き添われたお滝が凝視していた。もちろん、仕切り窓になっていて、お白洲の方からは見えないようになっている。

お滝は間違いないと頷いた。それを受けて、控えていた大番屋の役人が、小さな太鼓の音を鳴らして藤堂に合図を送った。

「おまえに間違いはない……見た者はそう証言しておる」

「出鱈目を言うねえ。それが本当なら、そいつをここに出してみろっつんだ。俺の顔を篤《とく》と見ろってな。じゃなきゃ、俺に恨みでもあって、人殺しに仕立ててんだ」

「目撃した者は、おまえの顔も初めて見たと申しておる。知らぬ奴に罪を押しつけるようなことはするまい……その刀傷と黒子……ハッキリと覚えているとな」

「おいおい……こんな面の奴は幾らでもいるだろうがよ」

「体つきもピッタリだ。もし、自分ではないと言うのなら、そっちが証を立てろ」

「そんな無茶な。人殺しや盗みという重罪は、お上が証拠を挙げるのが筋ってもんでしょうが。やってないもんは、やってねえ」

相当強情な相手である。町方の調べでも、半蔵はかなりの食わせ者だと分かっている。藤堂も仕方がなさそうに、

「やむを得ぬな……石を抱かせるしかないか……」

と言った。

ギザギザの板の上に正座させられ、その上に十貫二十貫と石が重ねられていく。やがて身を裂き骨を砕く痛みに耐えかねて、白状するのである。石を抱かせると言われただけで、正直に言う者もいた。

だが、半蔵はならず者たちとの喧嘩で慣れているのか、失神するまで白状しなか

った。少なくとも当人が自白するまでは、下手人扱いで牢に留められることとなるが、よほどの反論や無実の証拠がでない限りは、自白をしないまま処刑されることもあった。

忠兵衛は勤めを終え、夕暮れになってから、事件のあった木挽町五丁目は木挽橋の袂《たもと》から、釣り竿を投げていた。

昨夜は雨だったせいか泥水みたいに淀んでいるが、海から流れ込んでくる潮に混じって穴子がよく釣れる。

そこからは、金春《こんぱる》屋敷も見える。世阿弥《ぜあみ》の娘婿の禅竹《ぜんちく》を祖とする能楽師の屋敷である。町場ではあるが、すぐ後ろには武家屋敷が広がり、松平周防守《すおうのかみ》や溝口主膳《みぞぐちしゆぜんの》正《しよう》、奥平大膳大夫《おくだいらだいぜんのだいぶ》など幕閣を担う大名屋敷、さらにその海寄りには徳川御三家・尾張《おわり》藩の蔵屋敷もある。

夜になれば急に人通りが少なくなる。しかも、店のある日本橋や寄合のあった京橋からは正反対の方角である。

勝馬が思うように、忠兵衛も気になっていた。南町奉行所のある数寄屋橋御門から、尾張町、三十間堀《さんじつけんぼり》を抜けて来ても、さほどかからない。探索を理由に出てきたわけだが、むろん釣りが目的ではない。

罪を犯した者が頑なに否定することは、よくあることだが、その逆もよくあるのではないかと、忠兵衛は思っていた。

時に、辻斬りや集団でなぶり殺しにしたり、あるいは母親が子供を殺すというような痛ましく、残虐な事件も起こっている。それらは概ね、犯行の場を取り押さえられたり、数々の証拠が出てきたり、恐れながらと自首してきたりすることで、事件は解決する。

最も不明瞭なのは、〝現行犯〟ではなく、後に下手人が挙げられ、証拠や証言が少ないにも拘らず、状況から見て有罪にされることである。しかも、半蔵のように普段の行いが悪かったり、以前に事件を起こしているような輩は、町奉行の心証によって裁決されることとなる。

これまでも、人が殺されながらも未解決のままの事件は多い。そのたびに忠兵衛は、

――何処かで、のほほんと暮らしている奴を、引きずり出したい。

という思いはあった。

釣りにかこつけるわけではないが、濁っていて底の見えない掘割や川に糸を垂ら

して、真実や真相を引き上げたいという願いが、忠兵衛には常にあるのだ。

そんな気持ちを察してかどうか分からぬが、勝馬が近づいてきて、

「吐きましたよ、半蔵の奴……」

と言った。

忠兵衛は「そうか」とだけ答えて、釣り糸を垂らし続けた。

「やはり、最後の最後は、自分が悪事をしたことに苛まれたのですかねえ」

「さあな……俺だって石を抱かされたら、やってなくても、やったと言うだろうなあ。ありゃ、相当痛そうだもの」

「えっ。では、忠兵衛さんは、あいつは無実だとでも？」

「それは分からないが、お滝が見た以外に証拠がないってのもなあ……なんというか、よく知っている人間の顔なら覚えているかもしれないが、チラッと見ただけで、そこまで覚えてるかなあ」

「たしかにね……それは私も気になるところです。篠原さんは〝目撃証拠〟の一点張りですからね。でも……」

勝馬も釣り竿の先を見ながら、

「半蔵の方には、その事件のあった刻限、何処で何をしていたか証すことができま

せん。ある賭場にいたなどと言いましたが、それも嘘でしたし、ねんごろにしている女郎の所にいたというのも、嘘でした」

「だったらよ……なんで、奈良右衛門を殺したのかな……只で米を貰ったりしてたんだろう？　この前、引き廻しになった奴みたいに、財布を狙ったわけでもない」

「ですねえ……」

引きがきた釣り竿をグイグイとはね上げると、二尺程の長さの真穴子が掛かっていた。ピチピチ暴れるのを、忠兵衛は手際よく針を外して魚籠に入れた。鱧《はも》と違って大きな口も鋭い歯もないから扱いやすい。

「穴子釣りは夕暮れの逢魔《おうま》が時《とき》から、五ツくらいまでだな。夏の方が釣りやすいが、寒くなってからも悪くない」

「そうですか……」

どうでもいいという感じで、勝馬は返事をした。

「オキアミみたいに強い臭いのものとか、青魚みたいにキラキラしているのも、食いつきがいいんだ。砂地や泥の中にいるのに、意外とすばしっこくて、釣り甲斐があるぞ」

「だから、なんですか……」

「今日は大漁になる気がするから、しばらく釣って、馴染みの料理屋に持っていく。おまえも食うか。煮付けにするが、案外、刺身でもいけるんだぜ」

「泥臭いのは苦手です。鯉こくなんかもね」

「そうか。じゃあ、ひとつ頼まれてくれ」

「じゃあって、意味が繋がらないけど……なんですか」

面倒臭そうに勝馬が訊き返したが、協力する気は満々である。

「殺された奈良右衛門の身のまわりのこと、そして、お滝と関わりがありそうな奴……このふたりに繋がる誰かが、真相を知っているのではないか。そんな気がしてな」

「まるで定町廻りですね」

「いやいや、解決してない殺しも沢山ある。此度は解決したが、本当の下手人が別にいたとしたら、大事だからな。同心として、きちんと納得しておきたい。それだけのことだ」

「ええ、そうですね」

「俺は頃良い時まで、穴子と格闘するよ」

「獲物を狙いますか」

「いやいや、魚は獲物じゃないよ。今、言っただろ。格闘の相手だよ。相撲と同じで、相手を尊敬しなきゃできないってことだ」

「――勝手にどうぞ」

勝馬は付き合いきれぬとばかりに立ち去ったが、その顔は真相を突き止めたいという熱意に溢れていた。

四

翌日、高札場の半蔵の人相書が剝がされるのを、千里は溜息混じりで見ていた。

『萩乃屋』に戻った千里は、志之助が手代とふたりで精米したり、荷分けしているのを見ながら、大きなお腹をなでた。

「あんな悪い奴でも、お腹の中ではいい子だっただろうし、赤ん坊の頃は可愛かっただろうにねえ、どうして、あんなふうになっちまうんだろう。なんでかねえ」

「何が……」

「この前、『岩国屋』のご主人を殺した奴……認めたんだって」

「そうか。それはよかった……通夜に訪ねたが、店の者は大層、悲しんでたよ……

本当にあんないい人はいない」

「ええ……」

「うちも商売が厳しくなるな……他の卸問屋だと、今までどおりにはいかないだろう」

「大丈夫よ。なんとかなるわよ。この子のためにも、おまえさんには頑張って貰わないとね……また通るのかなあ」

「ええ？」

「市中引き廻しだよ……『岩国屋』さんをあんな目に遭わせたんだから、石をぶつけてやる。こんちくしょうってね」

「おいおい……」

夫婦のやりとりを見て和んでいた手代が、「いらっしゃいまし」と店先に向かって声をかけた。暖簾を割って入ってきたのは、勝馬であった。なんとなく店の中を眺めながら、

「主人の志之助は、おまえかい」

「はい。そうですが……」

志之助は吃驚したように目を丸くした。それを見た勝馬は、

「俺の顔に何か付いているかい」

と訊いた。

「あ、いえ……たしか角野様の……」

「そうだ。錦先生の所にも時々、立ち寄っているが、まだまだ南町奉行所の新参者だ。宜しく頼んだぜ」

「え、あ、はい……ごほごほ……」

少し咳き込んだ志之助は、なんとなく居心地悪そうに、勝馬に対応した。

「訊きたいことがあってな……もう知っていると思うが、『岩国屋』の奈良右衛門のことだ。何か心当たりはないかい」

「――と、申されますと……」

「誰かに恨みに思われているとか、奈良右衛門のことを邪魔臭く思ってた奴がいるとか……」

「まさか……あんな立派な御仁はいません。もし恨む人がいるとしたら、逆恨みか何かに違いありません」

「逆恨み……誰か心当たりでも？」

「いいえ。例えばのことです」

「うむ……そうだよな。店の者も周辺の者も誰ひとり、悪く言わない。それどころか、誉め称える人ばかりなんだ……この店には、嫌がらせはないか？」

不意の問いかけに、志之助は戸惑ったが、同じように千里も勝馬を見やった。

「どういうことでしょうか……」

「実はな……」

勝馬は一枚の紙切れを出して、志之助に差し出した。

「仕事中なのに、済まないな。だが、この店の売り物の米にも関わることなんだ」

「あ、はあ……」

要領を得ない感じで、志之助はその紙を見た。

「ここに記されている屋号は、ぜんぶ知っているよな、おまえなら。同じ米問屋だ」

そこには、『伊勢屋《いせや》』斉右衛門《さいえもん》、『越後屋《えちごや》』福兵衛《ふくべえ》、『大黒屋《だいこくや》』藤左衛門《とうざえもん》、『丹波屋《たんばや》』八右衛門《はちえもん》、『日向屋《ひゅうがや》』久兵衛《きゅうべえ》など主立った大きな米問屋の名前が並んでいた。

「私どものような小売りとは桁違いの大店です。うちは米問屋と名乗っておりますが、ご覧のとおりでして……」

「でな、この大店はこの前の……つまり『岩国屋』が殺された夜、事件の直前に寄合をしていたのだ、京橋の会所で」

「そのようですね。私どもには縁がありませんが……」

卑屈そうな顔になる志之助だが、勝馬は気にするような様子はなく、

「この寄合では、米の値について話し合いが行われた。もちろん、大坂米会所が米の値を決める権限を持っているが、それをもとに江戸でも一俵幾らと値を定めていく」

「はい……」

「で、奈良右衛門はギリギリ値を抑えていきたいとの考えだが、それは庶民にとってはよいけれども、米切手で俸禄を渡される武士にとっては、目減りすることになる」

「……」

「だから、安定した米の値は必要で、下げればよいという話ではないと、肝煎りの『伊勢屋』はじめ、多くの米問屋は同様の意見だそうだ。しかし……奈良右衛門が言ったように、できるだけ下げた方が、それに連なって他の物の値も下がるので、庶民にとってはありがたいことだ」

「――で、ですね……」

「だが、それもまた痛し痒しで、物の値が下がれば、商売人としては実入りが悪くなり、ひいては不景気になって、却って庶民の暮らしが悪くなるかもしれぬ」

勝馬はひとしきり話してから、

「それでも、この夜は頑として、奈良右衛門は譲らなかったそうだ」

「と申されますと……」

「奈良右衛門は、ここ『萩乃屋』を含めて、十数軒の小売りの米屋に、大損を覚悟で卸していたそうだな」

「はい。有り難く思っております」

「だが、そのことを『伊勢屋』たちは快く思っていない。だから、おまえたちのような小売りも、『岩国屋』からは買うなと、『伊勢屋』などの大店から言われていたらしいな」

「ええ、まあ……」

「それでも、奈良右衛門は頑張った」

畳みかけるように、勝馬は志之助に尋ねた。

「奈良右衛門のことを疎んじていた者が、この米問屋の中にいないかと思ってな」

「えっ……どういう意味ですか……まさか、誰かが奈良右衛門さんのことを……でも、高札のあの男がやらかしたのではないのですか……ごほごほ……」

少し興奮したのか、また咳き込んで不安げな志之助に、勝馬は大丈夫かと声をかけた。千里も体を案じて寄り添いながら、

「ということは他に下手人がいるってことですか、旦那……そ、そんな怖い……ねえ、おまえさん」

と訊き返した。

「え、ああ……そうだな……」

なぜか志之助は曖昧な頷き方だったが、勝馬はさして気にせず、

「そこまでは、まだ分からないが、角野さんも、半蔵って奴が下手人ではないかもしれないと半信半疑なんだ」

「角野様が……」

千里は益々、恐れるような顔になった。

「他に下手人がいるとしたら、次の事件を起こすかもしれないし、万が一、半蔵ではなかったら、無実の罪で処刑されることになる……もっとも、こいつには同情する奴はいなさそうだが、冤罪《えんざい》で殺せば、お上とてただの人殺しのようなものだからな」

「……え、はい……そうですね……」

志之助は胸が苦しくなったように、帳場の方へ行って座り込んだ。

「おまえさん、大丈夫かい……」

千里は亭主の背中をさすりながら、勝馬に言った。

「この人は意外と気の弱い人でして、ご覧のとおり、子供の頃からあまり体も……『岩国屋』さんのことで、ずっと胸を痛めていましたから……私も、下手人が捕まってホッとしていたのに……」

「いや、これは済まぬ。まだ確かなことは分からぬのだ。ただ、角野さんも言うとおり、冤罪だけは作ってはいけない。それが同心の務めだからってね……志之助、心当たりがなきゃ、いいんだ」

勝馬はそう言ってから、志之助に近づいて、

「後ひとつだけ……奈良右衛門が、木挽橋の方に行った理由は分からないかな。そこにも引っかかっててな」

「木挽橋……」

「ああ、殺された所の近くなんだがな。その辺りは武家屋敷ばかりで……」

少し考えていた志之助は、よく分からないがと前置きして、

「もしかしたら、仙石《せんごく》様のお屋敷に……」

「仙石様……」

「はい。勘定奉行の仙石主計亮《かずえのすけ》様のお屋敷では……奈良右衛門さんとは昔からのお知り合いで、まだ仙石様が奉行になる前からの……叩き上げの素晴らしい御仁と聞いておりました」

「——仙石様か……ああ。幕閣でも高潔な御仁だと耳にしている」

勝馬は何かひとつ摑んだ感じがした。だが、そのことと、半蔵の罪のことは繋がらない。しかし、一筋の淡い光が見えた気もした。

「邪魔したな。いずれにせよ、奈良右衛門の仇討ちはしてやるから、任せておきな」

意気込んで言い捨てると、勝馬は風のように立ち去った。

ふうっと深い溜息をついた志之助を、千里は心配そうに、

「顔色がよくないよ……働き詰めだから、奥で休んで下さいな」

「いや。やることはやらないとな」

志之助は茶を飲んで、少し休むと、また仕事を続けるのだった。

だが、その目には明らかに、これまでとは違った不安の色が広がっていた。その落ち着きのない眼差しに、千里も声をかけ辛くなるほどであった。

五

南町奉行所の桔梗の間では、忠兵衛がぽつねんと座っていた。傍らにある幾つかの書類を確認するように、読み直していた。

丸い火鉢があるだけの殺風景な部屋である。

この部屋は、表の役所と裏の役宅の間に位置しており、町奉行の接客部屋だが、忠兵衛との〝密談場所〟としても使われていた。ここにも長年、通ったが、襖絵は桔梗に加えて、相変わらず松に止まっている鶴の絵柄だから、いい加減に変えればよいのにと忠兵衛は思っていた。

夜がすっかり更けてから、大岡越前が襖を開けて入ってきた。

「勘定奉行へ話を繋げとは、どういうことだ」

大岡はいきなり問いかけた。

いつも不機嫌そうなのは、腹が減っているからだろうと、忠兵衛は大岡に、穴子をギッシリ詰め込んできた重箱を渡した。白い米の上に綺麗に載っている煮穴子は、品格すらあった。

「木挽橋の下で釣ったものです。仙石様のお屋敷からも程近い所です」

「――見事だな……後で戴《いただ》くとする」

重箱を傍らに置いて、大岡は忠兵衛を見据えた。ここでふたりが会うときは、大概が〝くらがり〟に落ちた難儀な事件について、相談するときだ。だが、此度は先日の『岩国屋』の主人殺しとも関わりがあるということで、大岡は訝しんでいた。

「評定所での裁決はついている。後は、お白洲で言い渡すだけだ」

死罪や遠島という重い刑罰は、奉行ひとりで決することはできず、評定所で合議の上、老中や将軍にも裁可される。もっとも上層部は形式的なことであって、そこで翻ったためしは、ほとんどない。

「まずは、死罪の言い渡しを、しばしお待ち下さいまし」

「何故だ。定町廻りや吟味方では、確かな調べがついているはずだが。永尋のおまえが異を唱えるのなら、理由を申せ」

「はい。では、まずは仙石様に、お尋ねして貰いたいことがあります。あ、いえ、私が直々にお目にかかっても宜しいのですが、手続きなども面倒でしょうし、死罪になってからでは遅いので……」

「有り体《あてい》に申せ」

忠兵衛は膝を少し進めてから、背筋を伸ばした。

「――実は、『岩国屋』の主人、奈良右衛門は、うちの北内勝馬の調べでも、米の値上げには断固、反対しておりました」

米問屋でのやりとりについて勝馬自身が調べてきたことを伝えた。

その上で、奈良右衛門は、勘定奉行の仙石に直談判しようと、何度か足を運んでいることを摑んだ。奈良右衛門と仙石が旧知であることも、大岡は承知していた。

「奈良右衛門が一体、何を仙石様に伝えようとしたのか。それが、何故、誰に阻止されたのか……そちらを調べた方が、真相に近づくのではないかと、私は愚考しました」

「愚考……心にもないことを言うな」

大岡はからかうように言ってから、鉄火箸で灰を弄びながら、

「ただのならず者が、殺したという話ではないと言うのだな」

「はい。実は、前にも似たような事件がありまして、米問屋組合の中で安売りをしていた女の商人が、その秩序を守らなかったということで、米問屋の鑑札を奪われたことがあります」

「うむ……」

「その時には、時の勘定奉行のひとりが賂《まいない》を受けて米の値を操り、実質、米手形を上げるという暴挙に出ました。それが明らかになって切腹しております」

「それと同じだというのか」

「此度は、仙石様が控えておりますから、米問屋組合の思う壺にはなりませぬ。では、奈良右衛門は如何なる秘密を持っていたのか」

忠兵衛は傍らの書類を、火鉢の横から大岡に差し出した。

「これは、北内勝馬が粘って、心ある米問屋から借りてきたものです。表沙汰にはして欲しくないとのことですから、大岡様にも屋号は伏せておきます」

「……」

「もちろん、必要になるときがあれば、お伝え致します。それによりますと、江戸の米問屋三百八十軒のほとんどが、〝運上金〟として、江戸米会所に拠出しております。年にして二万両にもなりますが、それは保留されたまま使われておりません」

「待て。それは幕府に還元されているはずだが……それに、上方《かみがた》から廻船で送られてくる下り米問屋と、関東《かんとう》や陸奥《みちのく》を担当する関東米穀《べいこく》三組問屋《みくみどいや》、地廻《じまわり》米穀問屋などは、それぞれ仕組みも規模も違う。簡単には米の値を操ることなど……」

できるわけがないと、大岡は断じた。しかも、大坂米会所もあるからだ。

「はい。ですから、それらとは別に、『岩国屋』は、陸附《おかづけ》米穀問屋にも繋がりを持って、米を少しでも安く仕入れていたのです」

陸附米穀問屋とは、江戸周辺の米を直に買い取ることで、農民も助け、江戸町民も助ける仕組みだった。

「仙石主計亮様も、これを下支えして、奈良右衛門の志を実現させてきました」

「さよう……」

「ですが、肝煎りの『伊勢屋』や『越後屋』ら一部の大店が結託して、その運上金を自分たちの都合のよいように使っております。商売のためならまだしも、夜な夜な芸者を集めての贅沢三昧《ざんまい》などにも」

「まことか」

「はい。この書類を貸してくれた者は、会所役人として帳簿も扱っておりましたから、しかるべきときには出すと思います」

忠兵衛は真剣な眼差しを大岡に向けたまま、

「会所に溜め込んだ金だけではありますまい。肝煎りたちの大店はそれぞれが過分な儲けを保留しているかもしれませぬ。そのために、米の値を上げるのは言語道断ではありませぬか」

「つまり、おぬしは……『伊勢屋』らの方針に反対している奈良右衛門が、いわば隠し金のことを暴こうとしたために、殺された——と言いたいのだな」

「はい。何の接点もない半蔵のような遊び人が、たまたま殺したとは思えませぬ。仙石様の屋敷に駆け込まれては困る誰かが、殺したと考えれば辻褄《つじつま》が合います」

大岡の判断を仰ぐように、忠兵衛は見ていた。大岡はしばらく鉄火箸で灰をいじっていたが、スッと立ち上がると、

「分かった。仙石殿には私から事情を訊いてみよう。これまでも、奈良右衛門から何か報されているやもしれぬからな」

と立ち去ろうとした。

「お待ち下さい、お奉行。話はまだあります」

「なんだ」

「毎年、この江戸だけでも百件余りの殺しがあります。そのほとんどは、下手人が分かっておりますが、永尋のものも少なからずあります。この十年で、六十件も」

「うむ。それを解決するのが、おぬしの役目だ」

「その一方で、此度のように、冤罪だった事件もあったと思われます」

「まだ冤罪とは決まっておらぬが」

「拷問をしての自白だけで結審した事件もあります。中には出鱈目な証言もありましょう。どうか裁決を間違いませぬよう、お願い致します」

「――おまえは、唯一の目撃者のお滝が、嘘を言っているとでも……」

「錦先生の所にいるお滝のことは、私もよく知っております。明るくて優しい子ですが、あまりハッキリと物を言う娘ではありません。しかし、半蔵については、断固、間違いないと証言しました」

「それほど自信があるからではないのか」

「お滝が見たという路地に、同じ刻限に私も行ってみました。同じような月夜です。ついでに、その穴子を釣りました」

「……」

「顔なんぞ、よほど近づかない限り、ハッキリは見えません。錦先生の話でも、駆けつけたときにはすでに刺した者はおらず、奈良右衛門も十間余り奥に倒れておりましたから、あの狭い路地では暗くて、着ている着物ですら分からないでしょう」

「ならば、改めて調べてみるがよい。まだ日限尋のうちだ。定町廻りにも事情を伝えて再探索せい」

「ハハッ――」

　忠兵衛が深々と頭を下げると、大岡はひとつ大きく息を吸って、桔梗の間から出て行こうとした。が、忠兵衛がまた声をかけた。

「あの……」

「まだ何かあるのか」

「穴子飯をお持ち下さい。本当に美味しいですよ。それと……この襖絵、どうにかなりませんかね。なんかもう古臭いようで」

　大岡は重箱を取り上げて去ったが、襖のことは何も言わなかった。

六

　南茅場町の大番屋から程近い所に、錦の診療所はある。お滝はいつものように、せっせと患者たちの面倒を見ていたが、少しばかり表情は暗かった。

「大丈夫かい、お滝ちゃん。顔色悪いよ」

「あんたが倒れたら、私たちが困るんだからね」

「具合が悪いなら、休んだ方がいいよ」

「もしかして、赤ちゃんができて、つわりでしんどいんじゃないだろうね」

「えっ。だったら、目出度《めでた》い。『萩乃屋』の千里さんちと同じ年になるか。いや、年を越すから、ひとつ違いさね」

勝手に盛り上がる婆さんたちに笑顔を返しながら、お滝は忙しくしていた。

一段落ついたところに、忠兵衛が訪ねてきた。いや、ずっといたのだが、働いているのを邪魔したくなかったから、片隅で見ていたのだ。その姿に今、気付くほど、お滝は一生懸命働いていた。

「――角野様……」

「錦先生に言って、人手を増やして貰わないと、たまらないな」

「ええ。それより、先生は番所医までしているのですから、町奉行所からお金を出して下さいませんか。そしたら、何人か雇えると思うのですが」

「ああ、そうだな。今度、お奉行に話をしておくよ」

「本当ですかあ」

お滝は嬉しそうに、素直に喜んだ。忠兵衛も微笑み返してから、

「ちょっと、いいかな……」

と奥の部屋に誘った。お滝が〝目撃者〟であることは、奉行所内部の者以外は知

らない。噂になれば、半蔵の仲間などが、仕返しにこないとも限らないからだ。

「──なんでしょうか。もしかして……」

勘の良いお滝は、半蔵のことだろうと察していた。忠兵衛がその通りだと言うと、

「まだ処刑にならないから、そうだと思いました。でも、本当に見たんです」

「町の嫌われ者かもしれないが、無実の罪で処刑してよいという法はない」

「……」

「ましてや、嘘の証言で追い込んで死罪にさせてしまえば、人の手を借りて殺したのと同じことになるんだよ」

忠兵衛は穏やかに言ったが、お滝は自分が責められているのだと感じて、つうっと一筋の涙を流した。

「半蔵は悪い人です。あんな奴、死んだ方が世のため人のためです……この診療所にだって、薬が効かなかっただの手当てをされて却って悪くなっただのと言って、金をせびりに来ていたような人です」

黙って忠兵衛は、お滝が話したいように言わせていた。

「私にはひとり姉がいましたが、あいつに殺されたも同然なんです」

「殺された……!?」

「江戸に出てきたばかりの時でした。そりゃ、あんな奴を好きになった姉も悪いけれど、散々、弄ばれた挙げ句に棄てられた。姉は思い余って……渓谷に身投げして死にました」

「そんなことが……いつのことだい」

「もう五年以上前のことです。傷心で下総の田舎に帰ってきて、すぐに……だから、あんな奴、死罪になって当たり前なんです」

いつもの笑顔が嘘のように、お滝は強い口調になった。

「でも、あの方は違う。いつも、この診療所にも寄付して下さるし、誰にでも優しい。そんな方が、人を殺めるはずがない」

「――やはり、見たのは別の人なんだね」

忠兵衛が問いかけると、我に返ったようにお滝は口を閉ざした。

「おまえは、優しい嘘をついたのかもしれないが、一生苦しむことになる……庇われた方も、生涯、心に疚しさを抱いて生きていかなければならないだろう」

「………」

「俺だってね、何もかも正直であることなんてできない。嘘もつけば、出鱈目を言って、誤魔化《ごまか》すことなんて、しょっちゅうだ」

俯いたままのお滝に、切々と忠兵衛は語りかけた。

「でもね……人を陥れるための嘘だけは、ついてはいけないんだ。ああ、たとえ相手がどんな奴であってもね……でないと、自分が苦しむことになる。ずっとずっと長い歳月、その重みに耐えていかなきゃならないんだぞ」

「……それでもいいです」

お滝はキッパリと言って、涙を拭うと忠兵衛を睨みつけるように、

「私、誰か言いません。絶対に言いません。それで私が罪人になるのなら、どうぞ私を処罰して下さい。半蔵みたいな人間がのさばる世の中ならいたくないし、いい人がたった一度の罪で裁かれるのなら、私も一緒に死んで構いません」

「——そのいい人ってのは、本当にいい人なのかな」

「えっ……」

「これ幸いと、黙っているだけじゃないのかね。俺にはそう思えるけれど」

忠兵衛がそう言ったとき、近くで物音がした。振り返ると、錦と一緒に『萩乃屋』の志之助が米櫃《こめびつ》を持って立っていた。

錦は誤魔化すように、お滝の側に近づきながら、

「立ち聞きしてたんじゃないですよ……でも、私もその場にいましたから……」

と言ってから、志之助にも横に座るように勧めた。

「おかみさんが持ってきてくれたばかりなのに、今日もこうして……でも、『岩国屋』さんが亡くなったから、困っている小売りも多くて……そうでしょ、志之助さん」

「あ、ええ……でも、『岩国屋』さんのように譲ってくれる店も他にありますよ」

志之助が答えると、忠兵衛は大岡に差し出したのと同じ書類を見せて、

「この前、うちの北内も訊いたと思うが、この中で、値上げに反対しているのは、わずかにこの三人ばかりだよな。他の者たちは、肝煎りの『伊勢屋』にベッタリだ」

「……」

「おまえさんも安売りをしている米商人だから、『伊勢屋』のやり方には不満だろう。しかも、親しい『岩国屋』さんが殺されたとなれば、何か言いたくならないか」

「いえ、私はそんな……」

「千里が身籠もっているから、余計に大変だとは思うが、値上げに反対の声を上げれば、勘定奉行だって動くと思う」

「……」

「奈良右衛門は、勘定奉行の仙石主計亮様に、『伊勢屋』らの不正を伝えに出向く途中に、何者かに殺されたのだ」

忠兵衛は断言すると、志之助はもとより、錦やお滝も唖然《あぜん》となった。

「奉行所もそれを前提に探索し直している。もはや、町のならず者がただの揉め事で、奈良右衛門を殺めたのとは違うんだ。大袈裟かもしれないが、江戸の暮らしと繋がっている事件と言ってもいい」

「！……」

志之助は言葉を失って忠兵衛を見ていたが、錦は納得したように頷いた。

「だったら、忠兵衛さん……本当はもうおおよそ目星はついているのではありませんか。奈良右衛門さんを襲ったのは、何処の誰なんですか、ねえ忠兵衛さん」

「――こんなことは言いたくはないが、お滝……今度は、お白洲に来て、きちんと証言をして貰わなくてはいけないな」

脅すつもりはないが、忠兵衛の言い草は、若い娘の胸にグサリと突き刺さった。だが、あくまでもお滝は黙っていた。

その頃――篠原と銀蔵は、米問屋組合肝煎り『伊勢屋』の前に立っていた。

すぐ近くにある金座と見紛うような立派な店構えで、出入りの商人も他の大店とは桁違いの多さだった。裏の蔵に繋がる路地も、八尺の長さの大八車が、ゆうゆうと往来でき、擦れ違える広さがあった。

店の中には、米問屋組合の幹部が数人、何やら仕事の打ち合わせをしているようだったが、『伊勢屋』の主人・斉右衛門が気づいて、

「これはこれは、篠原様……見廻りご苦労様でございます」

と近寄ってきて、さりげなく袖の中に小判を二枚、忍ばせた。

「なんの真似だ」

「いつもの御礼でございます」

「遠慮なく貰っておきたいところだが、人殺しから貰うつもりはない」

「えっ……な、なんてことを……」

吃驚して斉右衛門は後退りをしたが、篠原は睨《ね》めるように、

「別におまえのことじゃないよ。でもな、『岩国屋』に死なれて、一番気持ちが楽になったのは、おまえだろ」

「な、なんてことを……私は惜しい人を亡くしたと思っておりますよ」

「心にもないことを言うな」

「本当です。私たちなんぞより年配で、色々と教えて貰ったことも多くございます。感謝することはあっても、そんな……あんまりでございますよ、篠原様」

「でも、これで安心して、さらに値上げができる。だろう？」

「いえ……今も私たちは、奈良右衛門さんの考えもおもんぱかって、少しですが値を下げようと話し合っていたところです」

斉右衛門は真摯な態度で、自分たちの思いを述べた。

「たしかに、『岩国屋』さんとは考え方や方法が違いますが、人々を苦しめたいという思いなんぞ微塵もございません。少しでも良い暮らしをして貰いたい。そう思っております」

「まあ、綺麗事はいいよ。そんな奴が、袖の下を寄越すかよ。貰っとくけどな」

篠原は突き放すように言って、

「此度の一件は、知ってのとおり、半蔵って奴が下手人として処刑されることが九《く》分《ぶ》九厘《くりん》決まっていた。だがな……」

と勿体つけるような間を置いて続けた。

「どうやら、殺しを見た者の証言が嘘だったそうでな。誰だかは言えぬが、探索は一から出直しになったんだ」

店中に聞こえるような大声で、篠原は言った。その場に居合わせた客や同業者たちも何事かと驚いて立ち尽くした。

「なあ『伊勢屋』……おまえも知ってのとおり、『岩国屋』奈良右衛門が殺されたのは、米問屋組合会所で話し合いがあった帰り道のことだ。いや、勘定奉行の仙石主計亮様に、恐れながらと、組合幹部の不正を訴え出ようとした矢先だった」

「ちょ、ちょっと篠原様。冗談が過ぎますぞ。場所を弁《わきま》えて下さいまし」

「場所を弁えろだと……おまえ何様だ」

篠原は自分の袖から、貰ったばかりの二両を取り出して、地面に叩きつけた。

「舐めるなよ、『伊勢屋』。こんな端金で、人殺しを見逃してくれってのかい。いつから、米問屋組合は人殺し組合になったんだ」

「おやめ下さいまし。それ以上、酷いことを申されたら、大岡様に訴え出ますよ」

「出ろよ。さっさと、出ろよ。私がやりましたってな」

挑発するような篠原は、それこそならず者同然だった。だが、斉右衛門はそれ以上、文句を言うことはなかった。余計、拗《こじ》れると思ったのであろう。番頭に目配せをして、切餅をふたつばかり持ってこさせた。

「おう。気が利くじゃねえか……みんな、見たか。これが、こいつらの本性だ。高い米を売り捌いてボロ儲け。そんでもって、都合が悪いことは金で後始末……今度はどうする。俺の命を狙うか？」

さらに因縁をつける態度の篠原に、斉右衛門は堪忍袋の緒が切れそうになったが、そのとき、帳場の近くにいた『越後屋』の主人・福兵衛が「お待ち下さい」と駆け寄ってきた。

「申し訳ございませんでした……私でございます……『岩国屋』さんを……こ、殺したのは……私でございます……」

福兵衛は大きな体を折り曲げるように頭を下げて、その場に座り込んだ。そして、衆目が集まる前で、「わあわあ」と堰を切ったように大声で泣き崩れるのだった。

それを冷静に見ていた篠原は十手を突き出し、「しょっ引け」と銀蔵に命じた。

七

南町奉行所のお白洲に来ても、福兵衛はまだ震えが止まらなかった。すでに詮議所にて、吟味方与力の調べを終えているにも拘らず、お白洲はまた独特の緊張を強いられた。

壇上に現れた大岡越前は、先般の半蔵のときとは違って、慎重に事に当たってい
た。忠兵衛の言葉ではないが、

――冤罪を生んではならぬ、裁決を間違ってはならぬ。

という思いが、心の片隅にあったからであろう。

「さて、『越後屋』福兵衛……同じ米問屋組合仲間の『岩国屋』奈良右衛門を殺害
せしこと、間違いないな」

大岡が質《ただ》すと、福兵衛は俯いたまま、「その通りです」と殊勝に答えた。

「面通しも終わっておる。おまえだと改めて証言した」

「……」

「あの夜、おまえが殺したところを見た者がおろう……おまえも振り返って見たは
ずだ。それが誰か分かっておったか」

「は、はい……」

福兵衛は悲しみのどん底にいるような顔をしていた。

「おまえが時々、寄付をしに行く診療所の者であることを承知しておったのだな」

「はい……錦先生が駆け寄ってきたのも、チラリと見えました……ですが、暗かっ
たので、お滝ちゃんが勘違いをしたと思って……」

「黙っていたのだな」

「はい……申し訳ありません……」

素直に謝る福兵衛の姿を見て、大岡は嘘偽りがないと感じた。だが、詳細に話を聞かねば裁断は下せない。当人しか知らぬことを確かめねばならぬが、

——目撃者が、お滝だった。

ことを当人が話したのは大きな証拠となる。お滝のことは公にしていないからだ。返り血を浴びた着物は、棄て損ねたのか、米袋に突っ込んだまま、蔵の片隅に仕舞い込まれてあった。

「吟味方与力や定町廻りの調べによると、あの夜、寄合の帰りに、福兵衛……おまえは奈良右衛門を追いかけて、話が拗れて、結果として刃物で刺してしまったとあるが、改めて、詳しく話してみよ」

大岡に命じられて、福兵衛は喉が鳴るほど息を吸い込んでから、

「はい……あの日の寄合では、米の値を上げるか、据え置きにするかで、それぞれが問題を持ち寄って話し合われました。ですが、奈良右衛門さんは、下げろの一点張りでした」

と説明を始めた。

「私は、肝煎りの『伊勢屋』さんと同じで、据え置きを訴えておりました。たしかに、大坂米会所の値よりも高いですが、近年の不作や災害も相まって、江戸の需要を考えれば、本来はもっと値上げしたいところです。据え置きはギリギリの考えでした」

「……」

「ところが、奈良右衛門さんは、あれだけの安売りをしていますから、据え置きですら、困ってしまいます。ですが、あの頑固な気質ですし、昔は肝煎りも務めたほどの御方ですから、なんとしても小売りの米屋が立ちゆくこと、何より窮民救済を持論にしている奈良右衛門さんならではの態度で、懸命に訴えました」

福兵衛は自分の意見も交えながら、商人らしく丁寧に、大岡に伝えようとした。死罪になることを覚悟の上なのか、それとも罪一等を減じて貰いたいという儚《はかな》い願いがあるのか、真実を伝えようとしていた。

「ですが、奈良右衛門さんの考えや思いは通じず、評議をして決を採った結果……据え置きになりました。すると……」

「すると……」

「奈良右衛門さんはいきり立って、『もう我慢ならない。ならば江戸米会所で溜め込んでいる二万両もの金はなんだ。その金を両替商紛いに貸して、肝煎りたち一部の者が、その利鞘で儲け、遊興に使っている。こんな実態を、勘定奉行の仙石様が知ったら、どうなると思う。おまえさん方はみな、米問屋の鑑札を取り上げられるぞ』と一方的に話して、会所から飛び出していったのです」

その奈良右衛門の後を、福兵衛はすぐに追いかけたという。『伊勢屋』斉右衛門に命じられてのことだった。

奈良右衛門は自分の店には帰らず、ズンズンまっしぐらに木挽町の方に向かい、さらに仙石主計亮の屋敷まで行こうとしていた。そのことは、福兵衛にも分かった。

『待って下さい、岩国屋さん……奈良右衛門さん。お願いです。どうか、私の話も聞いて下さい。気を静めて下さい』

福兵衛は奈良右衛門の腕を捕まえて、さらに行く手を阻んだ。大柄な福兵衛にとって、還暦過ぎの奈良右衛門相手では、赤子の手を捻るのも同然だった。

一旦は、落ち着いた奈良右衛門は、自分の息子ぐらいの福兵衛を見て、

『——おまえさんも、以前はずっと安値で売っていたじゃないか。それでも、なんとか利はある。たしかに奉公人らを食わせるのは厳しいが、世間にはもっと苦しい人がいる……だから私は……』

『分かってますよ。分かってますとも……米問屋の人たちもみんな承知してます……でも、このご時世、奈良右衛門さんの思うとおりにはできませんよ』

『分かったよ。放せよ……』

奈良右衛門から手を放した福兵衛は、もう一度、話し合いの席に戻って欲しいと頼んだ。だが、やはり奈良右衛門は拒んで、

『もういいよ。私は、組合を抜ける。抜けて、板橋や千住など近在の百姓たちから、自分で仕入れられる分だけを仕入れて、人々の暮らしの足しにする。それで、いいだろう』

『そんなことをしたら、せっかくここまでやってきたことが、水の泡じゃないですか。これからも私たちと一緒に……』

『いや。この際、すべてを仙石様に話して、善処して貰う』

『まだ、そんなことを……』

『福兵衛さん。私はおまえさんのことを、息子のように可愛がってきたはずだ。だからといって言うわけじゃないが、伊勢屋斉右衛門は食わせ者だ。自分たちの利益しか考えていない。世間に恩返しするという、商人のイロハを知らない男だ』

『それと、これとは……』

『だから、おまえさんは伊勢屋と一緒に頑張ればいい。私は私で、この命を懸けて始末を付けたいだけです』

『命を……』

嫌な予感がして福兵衛が少し離れると、奈良右衛門が懐から匕首を出して抜いた。その切っ先を自分の喉にあてがった。

『は、早まった真似はやめてくれ、奈良右衛門さん……どうして、そこまで……』

『これはね、護身用に持っているんだよ。近頃、物騒な……もしかしたら、私が邪魔になって殺そうって奴がいるのではないかってね……』

『そんなこと、奈良右衛門さん……』

『仙石様だって、どう動くか分からない。斉右衛門に鼻薬を利かされたら、私の話なんか聞いてくれないかもしれない。その時は、武士じゃないけれど、自刃してでも、自分の正義を通すつもりですよ』

奈良右衛門は匕首で牽制してから、木挽橋近くの路地を入って、仙石屋敷まで一目散に進み始めた。

——そこまで話した福兵衛は、汗だくになった胸の辺りを拭いながら、

「それでも、仙石様に伝わったら大変だと思い、私は引き止めにいきました」

と大岡を見上げた。

「力尽くでも止めようと思ったのですが、思いがけず、奈良右衛門さんは匕首で私を突こうとしました。私も思わずカッとなって、その腕を摑んで匕首を取り上げようとしました……その弾みで、刺してしまいました。一瞬のことでした」

福兵衛はその時、人の気配を感じて、お滝の顔を見て驚いて、錦の声もしたので逃げた――と話した。

「そしたら、なぜか半蔵が捕まりました……奴は、仕事もせずに賭場をうろついているような輩で、色んなところで因縁をつけては金をせびっていたことは、うちの組合でもよく知られてました」

「……………」

「だから、正義感の強い奈良右衛門さんと揉めたのだろうって噂が立ちました……私は、自分のしたことを誰にも黙っていました。それでいいと思いました……半蔵が捕まったので、みんなもほっとしていました。誰も、私のことは疑いませんでした」

「そうか……お滝は、おまえと知って、庇っていたのだぞ」

「えっ……」

「おまえは優しい人間で、半蔵は自分の姉を死に追いやったほど酷い男だから、咄嗟にそう証言したらしい」

大岡は静かに福兵衛を見下ろして、

「この大岡も、すっかり信じ切っていた。だが、おまえももう少し早く、恐れながらと申し開きをしておれば同情に値したが、たとえ相手が誰であれ、罪なき者に己が犯した罪を押しつけたことは、到底、許されることではない。さよう心得ておけ」

と言い含めて席を立った。

同時に、蹲い同心が福兵衛の側に寄って、お白洲から連れ去ろうとした。福兵衛は立ち上がりながら、大岡の背中に声をかけた。

「お奉行様……仙石様はなんと……」

ゆっくりと振り返った大岡は、凝視するように見上げる福兵衛に、

「安心せい。奈良右衛門の考えに従って善処するとのことだ。おまえも本当は、その方がよかったのであろう」

と言った。

深々と頭を下げた福兵衛は、重い足取りで立ち去った。

八

事件のあった近くの掘割で、忠兵衛は釣り竿ではなく、網で何やら掬っていた。

その先には江戸湾が広がり、永代橋《えいたいばし》も見える。

釣りを楽しむなら、永代橋の下辺りで、フッコか鱸でも狙いたいところだ。が、寒鱸はパサついていて美味かったためしがない。鱸は、セイゴ、フッコから成長したものであるから、冬場でも真子や白子、はらわたは美味い。

だが、今日は鱸とは正反対の小さなタナゴを掬い取っていたのだ。

もっとも、掌に載るような小魚を沢山とるには訳がある。こんがりと焼いたのを砂糖醬油に漬けて、白いご飯に載せて食べる。はらわたの苦みと砂糖の甘みで、食が進むのだ。これならば、病人でも食べやすい。大漁のタナゴは、錦の診療所に持っていくつもりだ。

魚掬いというよりも、溝さらいをしているような忠兵衛の襷《たすき》がけ姿に、

「いつも熱心ですねえ」

と明るい女の声がかかった。

振り返ると、米袋を載せた小さめの大八車を曳《ひ》いている、千里の姿が見えた。後ろからは手代の万吉が押している。

忠兵衛は網を捨て置いて、思わず近づき、

「おいおい。大丈夫か。そんな体で出歩いて転んだりしたら……」

「大丈夫ですよ。女の体は、殿方が考えてるほど柔《やわ》じゃない。いや、むしろ強いわよ。うちの旦那なんか、ぶっ倒れちまって」

「えっ、志之助がか……大事ないか」

「根詰めて働きすぎなんですよ。錦先生のところで、ちょっとの間、療養してます」

「療養……そうか……」

安堵したような、それでも心配しているような曖昧な忠兵衛の返事だった。

「あ、そうだ、角野様……うちの人が会いたがってましたよ。色々とご迷惑をおかけしたって……」

「別に俺は何も……」

「会いに行ってあげて下さいな。何か話したいことがあるようでね」

「——話したいこと……」

「ええ。あの人も本当は釣り好きなんだけれど、仕事仕事でね……どうせ角野様、暇なんでしょ。相手してやって下さいな」

「……」

「ほら、万吉、ちゃんと押しな。もう一踏ん張りだよ……お願いね、旦那」

千里は屈託のない声で忠兵衛に笑いかけると、掘割沿いの長屋の方へ向かった。

「大変だな……」

見送る忠兵衛の表情が、かすかに曇った。

大漁のタナゴを焼いて、甘辛くしたのを鍋一杯に詰め、錦の診療所に忠兵衛が現れたのは、その日の夕暮れだった。

錦は往診に出かけていたが、お滝はいつものように朗らかに、患者たちの面倒を見ていた。忠兵衛の姿を見て、一瞬、戸惑ったようだが、事件のことは何も言わずに、

「何処か悪いのですか？　頭、性格？」

などと、これまでどおりふざけるお滝の姿に、忠兵衛も笑顔で返した。

「みんなで食べてくれ。本当はな、掌に百匹載るほどの小さいのが美味いんだがな。

ちょっと大きすぎたが、我慢してくれ」

　タナゴの甘辛焼きを渡して、

「志之助は、何処だい」

　と訊くと、離れの方だと教えてくれた。

　診察室からさらに奥まった所の六畳間だが、錦の配慮でここに寝かされていた。薬が効いているのか、咳はなかった。

「これは、角野様……」

　起き上がろうとするのを、そのままでいいと制しながら、

「釣りをしてたら、奥方様に会ってな」

「奥方様……からかわないで下さいよ。あんなガサツな女……」

「何を言うのだ。千里さんあっての、おまえだと思うがな」

「ええ、まあ。それはそうですが……」

　志之助は起き上がって、神妙な面持ちになった。忠兵衛は違和感を抱いたが、

「無理をするなよ。顔色があまりよくない」

　と慰めるように言った。

「——ありがとうございます……」

「奈良右衛門の一件なら片付いた。おまえにとっちゃ、どっちにしろ辛い話だろうが、福兵衛はなんとか遠島で済みそうだ……匕首は奈良右衛門のものだと分かり、福兵衛としては護身のためにやむを得なかった……ということだ」

「そうでしたか……」

「半蔵の方は、お解き放ちにはならず、別の事件で、一旦、小伝馬町《こでんまちょう》の牢送りだ。色々な罪状が重なって、死罪かもしれぬ」

「……」

「米の値の方も、仙石様のご配慮で、しばらくは下がるそうだから、おまえも以前のように良い仕事ができるな」

「はい……」

気のない返事の志之助に、忠兵衛の方から訊いた。

「何か話したいことがあると、千里から聞いたが……釣り談義なら、体が治ってからでもよいのではないか。仕事ばかりじゃ、心身共に疲れるからな。海や川は、疲れを本当に癒やしてくれる」

「真面目な話なんです」

志之助は正座をして、きちんと向き直った。

「――五年程前のことになります……神田明神《みようじん》の石段から、熊吉《くまきち》という……それこそ熊のような大男が転げ落ちました」

「……」

「そいつは、此度の半蔵のような阿漕なことをしていた奴ですが、仲間内で喧嘩をして、袋叩きに遭って殺された……ってことになってます。ですが、あれは……」

言いかけた志之助を継ぐように、忠兵衛が話した。

「神田明神下の熊吉の一件な……覚えてるよ。あんなでかい体で転げ落ちたら、ひとたまりもないな……だが、丁度、そこに通りかかったやくざ者の蜂五郎《はちごろう》って遊び人が、仲間と一緒に頭や体を何度も蹴りつけ、殺してしまった」

「……」

「蜂五郎は獄門。他の三人は遠島となった。それが、どうした」

忠兵衛が訊き返すと、志之助はひとつふたつ咳をしてから、

「熊吉を石段の上から突き落としたのは、私なんです」

「……」

「その頃、私も脅されていたんです。つまらない揉め事で……そこに呼び出されて、『このままでは酷い目に遭う』と思って、隙をついて押しやったら、面白いように

転がり落ちて、頭を打って動かなくなりました」

「……」

「でも、そこに蜂五郎たちが通りかかった……もちろん、そのときは誰か知らないけれど……突然、乱暴を始めました。私は怖くなって、その場から逃げました」

志之助は長屋に帰って、息を潜めていたが、その翌朝には、

――蜂五郎たちが熊吉を殺した。

という読売が飛ぶように売れていた。それほど熊吉も蜂五郎も、町の嫌われ者だったのであり、「熊と蜂の大喧嘩」などと面白がるだけで、誰も同情しなかった。

「蜂五郎たちは、石段から転げ落ちたところを、これ幸いと蹴っただけで、殺してはいない。もう死んでたに違いない……などと言い訳をしましたが、通じませんでした」

「……」

「たしかに、私が突き落としたために死んだ……のかもしれない。なので、何度も名乗り出ようかと思いましたが、その頃は、千里と一緒になることが決まってて……頬被りをしたまま黙ってました」

忠兵衛はなぜか驚きもせず聞いている。此度の奈良右衛門の事件と重なって、自

分の過去のことを話したくなったのかもしれぬ。だから、黙って聞いていた。

「でも、寝覚めが悪かった……あれはやはり蜂五郎たちのせいではなく、自分が突き落としたためじゃないかと、ずっと体にへばりついているんです……いつか話そう、誰かに言わなきゃ……そう思う一方で、自分は悪くない。あいつらは自業自得だ……という思いも繰り返しました」

「……」

「だから……供養という意味じゃありませんが、俺はこうして娑婆《しゃば》にいるのだから、少しでも世のためになろう。人様の役に立とうという思いで、『岩国屋』の奈良右衛門さんのもとで手代として修業させて貰い、なんとか自分で小売りをやれるようになりました」

安売りをすることを条件に、奈良右衛門が店を出す後ろ盾になってくれたという。

「でも、あの大きな熊吉が鞠のように転がり落ちる姿が消えない。瞼に焼きついていて、悪夢でハッと目覚めることもありました……千里には赤ん坊が宿っている……俺はますます言えなくなって……」

「……」

「だけど、福兵衛さんの覚悟を見て、俺もきちんとしなきゃと思いました……俺は、

関わりない者を死罪にしたのに、自分だけがこうして幸せに暮らしていることに
……本当にいいのかって……俺は……ごほごほ」

咳き込む志之助の背中を、忠兵衛は撫でてやりながら、

「──今の話は、聞かなかったことにする」

と呟いた。

「えっ……ごほごほ……」

「あの事件は、その時、きちんと検屍している。石段から転げ落ちて頭を打ったのが死因ではなく、蜂五郎たちが執拗に頭を蹴ったためだ。そう判断されている」

「でも、私が突き落とさなければ、蜂五郎たちに蹴られることも……」

「おまえが突き落としたのか、滑って転んだのかは、今更、調べようがない」

「だからって……」

「此度のことは、結審前の話だ。今のおまえの話は、すべてが終わってからの話だ。似て非なるものなんだよ」

忠兵衛は冷静に言ってから、軽く志之助の肩を叩いて、

「実はな……神田明神での事件があった時、巫女《みこ》が見ていたはずなんだ」

「……」

「だが、おまえのことは何も話していない。滑って転んだ——巫女はそう証言したと、捕物帳には残っているんだ。でもな、正直言って、色々と調べていて、おまえを疑ったことがある」

「えっ……角野様が……」

「ああ。事件の直後、何度もあの石段の上に立っていたおまえの姿を、俺はたまたま見てたんだ……だから、俺は、おまえの店に出入りしていたんだ。何か尻尾を出さないかとな……だが、俺の勘違いだった」

「……」

「おまえはただの女房思いの、気の小さい、生まれつき体の弱い男だ……しっかり体を治して、赤ん坊を大事にしてやれ」

忠兵衛はそれだけ言うと、もう二、三度、志之助の肩を叩いて離れから出ていった。

そこに、往診から錦が帰ってきた。

「あらま、忠兵衛さん。私の留守中になんですか」

「なんだ、その言い方は……ちょいと志之助にな……ところで、先生……」

「神妙な顔をして、どうしたんです」

「あいつ……あまり長くないんだろ……」

「えっ……」

錦はそうだとは答えなかったが、様子を見ていれば判断できる。

「でもよ、せめて赤ん坊が生まれるまでは、なんとか助けてやってくれ」

「——どうして、そんなこと……」

「分かるんだよ。もう何年も奴の顔を見てるからな……頼んだぜ」

忠兵衛は寂しそうな笑みを洩らして、診療所を後にした。

八丁堀の組屋敷に帰ると、なぜか勝馬が待っていた。酒樽を持参したようだが、まだ栓を開けていなかった。祝い酒でもあるまいが、四升程の入った酒樽を自慢げにデンと置いてある。

「なんだ。人の家に勝手に……」

「生まれてくる赤ん坊に、人殺しの子だなんて汚名を着せたくないですもんね」

「えっ……おまえ、何処で聞いてたんだ」

「なんとなく分かりますよ。忠兵衛さん、昔の捕物帳や裁許帳から、冤罪事件を穿り出していたでしょ。お奉行を説得するために」

「……」

「その中に、志之助って名前が出てくるのが、一件ありましてね……嘘はいけないと言いながら、いいんですか」

「死罪にしなくても、奴は……まあいい。とにかく、飲みたかったところだ。タナゴはまだあるから、焼きながら一杯やるか」

「そうしましょう」

「あ、もしかして、おまえ、俺を慰めようとして来たのか」

「何をです。そうじゃなくて、さすが忠兵衛さんだと思ってね……そして〝くらがり〟に落としたままってのも、まあいいんじゃないですか」

ふざけるように笑う勝馬に、忠兵衛は何と答えてよいか分からなかった。ただ、此度の一件で、人々が米の高騰から幾ばくか救われるのは事実だ。

騒ぐでもなく、静かにでもなく、月の明かりが射し込んでくる狭い部屋で、夜が更けるまで、ちびちび飲んでいた。

酒が苦手な忠兵衛は、いつの間にか寝息を立てていた。

「——おおっ。来た来た……次は大物だぞ、さあ、タモをもってこい」

鼾《いびき》をかきながら寝言を言うとは珍しいものだと、勝馬は呆れ顔で見ている。

中天の月だけは、世の中で起きている嘘も本当も、何もかもを承知の上で、黙って見ているようだった。

光文社文庫

文庫書下ろし／傑作時代小説
優《やさ》しい嘘《うそ》　くらがり同《どう》心《しん》裁《さい》許《きょ》帳《ちょう》
著　者　井《い》川《かわ》香《こう》四《し》郎《ろう》

2021年9月20日　初版1刷発行

発行者　鈴　木　広　和
印　刷　新　藤　慶　昌　堂
製　本　榎　本　製　本

発行所　株式会社　光　文　社
〒112-8011　東京都文京区音羽1-16-6
電話 (03)5395-8149　編　集　部
8116　書籍販売部
8125　業　務　部

落丁本・乱丁本は業務部にご連絡くだされば、お取替えいたします。
ISBN978-4-334-79249-7　Printed in Japan

組版　萩原印刷